COLL

Philippe Sollers

Casanova
l'admirable

Gallimard

« Rien ne pourra faire que je ne me sois amusé. »

CASANOVA.

« J'ai eu raison dans tous mes dédains : puisque je m'évade !
Je m'évade !
Je m'explique. »

RIMBAUD.

On croit savoir qui est Casanova. On se trompe.

J'ouvre le dictionnaire, je lis :

« Casanova de Seingalt (Giacomo), aventurier né à Venise (1725-1798), célèbre par ses exploits romanesques (notamment son évasion des Plombs de Venise) et galants, qu'il a contés dans ses *Mémoires*. »

Casanova est en effet né à Venise au début du xviiie siècle, il est inséparable de la grande légende de cette ville, mais il est mort loin d'elle, à soixante-treize ans, à Dux (aujourd'hui Duchkov) en Bohême. *Pourquoi ?*

Les *Mémoires* s'intitulent en réalité *Histoire de ma vie*. C'est un énorme volume bourré d'aventures tournant autour du jeu, des voyages, de la magie et du sexe, mais dont très peu de personnes savent qu'il a été écrit en *français*, avant d'être publié en allemand, puis retraduit en français dans une version plus «sage» que l'original. Il a fallu attendre le début des années soixante du XXe siècle pour pouvoir lire ce que Casanova a vraiment écrit de sa plume (mais seuls quelques spécialistes ou amateurs s'intéressent alors à cette publication). Ce n'est qu'en 1993 qu'a été publié enfin, en trois volumes accessibles à tous, ce texte essentiel, ainsi qu'un choix de différents écrits du même auteur.

On doit partir de là : la version originale a été différée et sous-titrée. *Pourquoi ?*

Oui, pourquoi a-t-on décidé d'oublier que Casanova était aussi un *écrivain* ? En quoi les censures et les refoulements meurtriers de deux siècles peuvent-ils être démasqués à travers cette volonté d'ignorance ?

Seingalt est un pseudonyme ajouté, forgé par Casanova lui-même en 1760, alors qu'il se trouve à Zurich. Il se nomme chevalier de Seingalt, il anoblit ainsi sa signature. Si l'on pense à la signification du mot *seing*, c'est comme s'il voulait dire qu'elle est haute (*alt*), ancienne. On peut penser que Stendhal (qui appelle Casanova *Novacasa* dans son *Journal*) s'est souvenu de ce geste lorsqu'il a choisi son nom d'écrivain. Casanova, en français, c'est Maisonneuve. Jacques

Maisonneuve. Inutile de préciser que nous sommes ici aux antipodes de Jean-Jacques Rousseau. Le siècle de Casanova est celui de Voltaire et de Mozart (mais aussi de Sade). Mozart, Da Ponte et Casanova se sont d'ailleurs rencontrés à Prague, en 1787 (Casanova est venu en voisin de Dux), autour de la création de *Don Giovanni*. Cette scène n'a jamais été vraiment imaginée. *Pourquoi ?*

On connaît deux feuillets autographes de Casanova, dont l'examen montre qu'il s'agit du brouillon de variantes, interchangeables, à la scène x du deuxième acte de l'opéra. L'auteur qui a fait cette découverte écrit :

«Peu d'êtres non mythiques furent, autant que Casanova, l'homme de l'instant, du présent pur. Et aussi l'homme du catalogue... Il n'est pas interdit de penser qu'en écoutant chanter, en cet automne bohémien de 1787 :
Un catalogo gli è che ho fatt'io
le vieux coureur d'aventures put songer qu'il était temps de mettre au net la liste de ses propres amours. *Don Giovanni*, alors, n'aurait pas peu contribué à nous valoir l'*Histoire de ma vie* qui, si elle est loin de n'être que cela, reste, quand même, l'immortel *catalogo* de Giacomo Casanova.»

En septembre 1787, donc, Mozart est à Prague, *Aux Trois Lions*. Lorenzo Da Ponte à l'hôtel *Plattensee*. Les deux hôtels sont si proches que le musicien et son librettiste peuvent se parler par les fenêtres. Casanova arrive. Il veut faire éditer, à l'époque, un gros roman de science-fiction.

Mais le vrai roman de science-fiction est en réalité la rencontre de ces trois hommes. Casanova connaît Da Ponte depuis son séjour à Vienne, deux ans auparavant, quand il était secrétaire de l'ambassadeur de Venise (il ne l'aime pas). On peut imaginer qu'il a rencontré Mozart. Il n'est pas insignifiant de noter que nos trois personnages sont francs-maçons.

Casanova, un soir, à la villa Bertramka, dialogue avec Mozart de son évasion des Plombs de Venise. Un complot amical se trame, qui aboutit à enfermer le musicien dans sa chambre : il ne sera pas libéré avant d'avoir écrit l'Ouverture de son opéra, déjà composée dans sa tête, mais qu'il différait toujours de noter.

Voit-on tout cela ?

Et voit-on à quel point il est passionnant de réfléchir sur le fait que Casanova commence à écrire l'Histoire de sa vie *pendant l'été 1789*?

En musique, donc, Vivaldi et Mozart. En peinture : Fragonard, Tiepolo, Guardi. Les villes ? Venise, Rome, Paris, Vienne, Prague, Saint-Pétersbourg, Berlin, Londres, Naples, Constantinople, Cologne, Amsterdam, Stuttgart, Munich, Zurich, Genève, Berne, Bâle, Vienne, encore Paris, Madrid.

Nous sommes dans la grande Europe des Lumières, celle dont une violente force obscure a tenté, et tente encore, de nous détourner.

Il va sans dire que Venise est le centre de cette géométrie variable. Tout en part, tout y revient, même si Casanova est mort en exil en Tchécoslovaquie. Mais quand il écrit, c'est Venise qui écrit.

En français.

On n'a pas voulu que Casanova soit un écrivain (et disons-le calmement : un des plus grands écrivains du XVIIIe siècle). On en a fait une bête de spectacle. On s'acharne à en fournir une fausse image. Les metteurs en scène qui se sont projetés sur lui l'ont présenté comme un pantin, une mécanique amoureuse, une marionnette plus ou moins sénile ou ridicule. Il hante les imaginations, mais il les inquiète. On veut bien raconter ses «exploits galants», mais à condition de priver leur héros de sa profondeur. Bref, on est jaloux de lui, on le traite avec un ressentiment diffus, pincé, paternaliste. Fellini, dans une remarque particulièrement stupide, est allé jusqu'à dire qu'il trouvait Casanova stupide. Il s'agirait plutôt de le concevoir enfin tel qu'il est : simple, direct, courageux, cultivé, séduisant, drôle. Un philosophe en action.

13

Il s'est beaucoup amusé, il a vu les coulisses des activités humaines, il a étudié le système nerveux des crédulités. Il a parfois triché avec certains de ses partenaires mais, comme il s'en explique, c'était leur volonté, non la sienne, et quelqu'un d'autre les aurait de toute façon abusés, en *moins bien*. Il ne se donne pas forcément le beau rôle, il n'enjolive pas, il décrit avec précision, il est rapide. Il est aussi amusant à lire que le *Don Quichotte* de Cervantès. Bref, son *Histoire* est un chef-d'œuvre, le tracé de quelqu'un qui avance dans sa vérité.

Il a eu un corps exceptionnel, il l'a suivi, écouté, dépensé, *pensé*. C'est cela, au fond, que l'éternel esprit dévot lui reproche.

En avril 1798, Casanova, à Dux, tombe malade. Il interrompt la révision de son manuscrit. Le 27 mai, son neveu, Carlo Angiolini, arrive à Dux pour soigner son oncle qui meurt le 4 juin. Angiolini emporte le manuscrit à Dresde.

En 1820, la famille Angiolini vend le manuscrit à l'éditeur Brockhaus, à Leipzig.

De 1822 à 1828 a lieu la première édition « épurée » de l'*Histoire* en traduction allemande.

De 1826 à 1838, c'est la première édition française « révisée » (édition « Laforgue », celle que lit Stendhal en 1826, et qui est toujours disponible en Pléiade).

En 1945, le manuscrit de l'*Histoire* échappe de justesse à la destruction et est transféré de Leipzig à Wiesbaden. C'est seulement en 1960 que paraît l'édition du texte original (édition Brockhaus-Plon), reprise en 1993, en trois volumes, dans Bouquins (Robert Laffont).

Comme on peut le constater, on a beaucoup «oublié» Casanova, même s'il a été pillé en douce. On l'oublie, on l'arrange, on l'habille selon les fantasmes touchant à l'Ancien Régime (comme on dit). On ne veut pas qu'il fasse Histoire. La vie ne doit pas se confondre avec l'Histoire, et encore moins avec la liberté sexuelle et l'écrit. Heureusement, contre tous les obscurantismes, les admirables «casanovistes», la plupart du temps des amateurs, ont travaillé à des vérifications multiples. À part quelques erreurs (surtout de dates), tout ce que dit Casanova est *vrai*. C'est probablement ce qu'il a de plus explosif. Considérons enfin que le texte *lui-même*, c'est-à-dire la main de Casanova, n'entre pleinement en action que depuis cinq ans. Ce n'est qu'un début, en somme.

J'aime imaginer ce transfert clandestin de 1945, sous les bombardements intensifs, dans une Europe en feu, décomposée par la folie humaine. À ce moment-là, la pulsion de mort est partout, une sauvagerie sans précédent semble avoir anéanti l'idée même de civilisation. Des milliers de pages d'une fine écriture noire, tassées dans des caisses transportées par camions, racontent une vie devenue inimaginable.

Le feu du ciel n'est pas parvenu à la détruire, cette écriture. L'hypocrisie, la censure, les déformations imagées, l'indifférence, la malveillance et la publicité non plus. Mais nous, maintenant, qu'en faisons-nous? Sommes-nous assez libres pour la lire?

Casanova : un homme d'avenir.

Jean Laforgue, au XIXᵉ siècle, était professeur de français.

C'est un laïque scrupuleux et sérieux comme on en fabriquait à l'époque. On lui demande de rewriter Casanova. Il s'y met.

Il tombe sur cette phrase à propos des femmes : « J'ai toujours trouvé que celle que j'aimais sentait bon, et plus sa transpiration était forte, plus elle me semblait suave. »

Laforgue réfléchit trente secondes. Non, au XIXᵉ siècle (pas plus qu'aujourd'hui, d'ailleurs), une femme ne *transpire* pas.

Il corrige donc cette incongruité, et écrit : « Quant aux femmes, j'ai toujours trouvé suave l'odeur de celles que j'ai aimées. »

C'est quand même *mieux*, n'est-ce pas ?

Laforgue se mouche.

Après le nez, le goût. Casanova ne cache pas ce qu'il appelle ses « gros goûts » : gibier, rougets, foie d'anguille, crabes, huîtres, fromages décomposés, le tout arrosé de champagne, de bourgogne, de graves.

Laforgue (c'est son côté Leporello) trouve cet appétit barbare, exagéré, légèrement dégénéré, et même franchement aristocratique. Il abrège donc, et écrit, plus bourgeoisement : « des soupers délicieux ».

Maintenant, le toucher. Casanova, à un moment, se décrit en mouvement, pieds nus, la nuit, pour ne pas faire de bruit. Pieds nus ? Laforgue, immédiatement, prend froid, et met à son héros des « pantoufles légères ».

Ces *pantoufles*, on l'a compris, sont tout un programme. Le corps trop cru, trop présent, trop en relief, voilà le danger. Imaginez le personnage du *Verrou* de Fragonard en pantoufles : ce n'est plus le même tableau. Laforgue est un spécialiste de la feuille de vigne (chaque époque a ainsi ses « restaurateurs »).

Mais la pruderie laïque (c'est un de ses charmes) a deux visages. Par exemple, le mot « jésuite » la fait frémir. Laforgue, lorsque ce mot apparaît avec ironie chez Casanova, en rajoute donc dans le sarcasme. Même chose dès qu'il est question de la monarchie. Comment concilier le fait que Casanova est ouvertement hostile à la Terreur avec le fait que ses aventures (une fois tempérées par la censure) le mettent dans le sens de l'Histoire ? Il y a là un paradoxe irritant. Laforgue laissera donc passer l'apologie de Louis XV («Louis XV avait la plus belle tête qu'il soit possible de voir, et il la portait avec autant de grâce que de majesté»), après tout on n'a pas coupé la tête de ce Louis-là. En revanche, il vaut mieux supprimer la diatribe contre le peuple français qui a massacré sa noblesse, ce peuple qui, comme l'a dit Voltaire, est «le plus abominable de tous» et qui ressemble à un «caméléon qui prend toutes les couleurs et est susceptible de tout ce qu'un chef peut lui faire faire de bon ou de mauvais».

La transpiration des femmes, les odeurs, la nourriture, les opinions politiques : tout cela se surveille. Si Casanova écrit «le bas peuple de Paris», on lui fera dire «le bon peuple». Mais ce sont évidemment les précisions de désir sexuel qui sont les plus épineuses. À propos d'une femme qui vient de tomber, Laforgue écrit que Casanova «répare d'une main chaste le désordre que la chute avait occasionné dans sa toilette». Qu'en termes galants ces choses-là sont dites. Casanova, lui, est plus explicite : il est allé, dit-il, «baisser vite ses jupes qui avaient étalé à ma vue toutes ses merveilles secrètes». Pas de main chaste, on le voit, mais un prompt regard.

Le professeur Laforgue «craint le mariage comme le feu». Est-ce pour ne pas choquer sa mère, sa sœur ou sa femme — et les nombreuses amies de sa femme — qu'il ne reproduit pas la phrase de Casanova : «Je crains le mariage plus que la mort»? Plus abruptement, il ne faut pas montrer deux des principales héroïnes d'*Histoire de ma vie*, C. C. et M. M. (les deux amies de l'une des périodes les plus heureuses de la vie de Casanova dans son «casino» de Venise), dans une séquence comme celle-ci : «Elles commencèrent leurs travaux avec une fureur pareille à celle de deux tigresses qui paraissaient vouloir se dévorer» (on imagine la rougeur de Marcel Proust lisant cette phrase). En tout cas, pas question d'imprimer ceci : «Nous nous sommes trouvés tous les trois du même sexe dans tous les trios que nous exécutâmes.» (Tout récemment encore, une sympathique jeune femme, écrivant sur Casanova, se demandait de quel sexe il pouvait s'agir ici : on ne pourra pas vraiment le lui expliquer *par écrit*.)

Après une orgie, il paraît naturel à Laforgue de faire ressentir à Casanova du «dégoût». Rien de tel, Laforgue invente. Il est vrai que son temps veut que la chair soit triste, qu'on ait lu tous les livres et que l'ennui et la mélancolie, le doute et le désespoir envahissent de plus en plus les esprits.

Si Casanova écrit : «Sûr d'une pleine jouissance à la fin du jour, je me livrai à toute ma gaieté naturelle» (il est comme ça), Laforgue le

corrige, et lui fait dire : « Sûr d'être heureux… »
Le mot *jouissance* est banni. Une femme, pour le
professeur, ne saurait être représentée couchée
sur le dos en train de se « manuéliser ». Non :
elle sera « dans l'acte de se faire illusion » (com-
prenne qui peut). Voilà, en tout cas, comment
une main reste chaste. On osera dire quand
même « onanisme » (mot médical) là où Casanova forge ce néologisme merveilleux : « manu-
stupration » : main à stupre.

On peut le vérifier : une femme habile, qui
a une main à stupre, ne se fait sur elle-même
que peu d'illusions. Voilà ce que le professeur
Laforgue n'a probablement pas eu l'occasion
de constater. C'est dommage.

Autre censure : il n'est pas décent, comme
Casanova, de parler du « féroce viscère qui
donne des convulsions à celle-ci, fait devenir
folle celle-là, fait devenir l'autre dévote ». Casanova aime les femmes : il les décrit comme il les
aime, c'est-à-dire sans dévotion. Mais Laforgue,
lui, est déjà féministe : il les respecte, il les
craint, il annonce déjà des légions de profes-
seurs prudes, notamment philosophes, nouveau
clergé qui va remplacer l'ancien. Casanova est le
dissipé de la classe. S'il parle de taches suspectes
sur sa culotte, on l'envoie vite aux toilettes se
nettoyer ça. De temps en temps on interpolera
dans sa rédaction des formules morales (il en

manque). La correction professorale en arrive parfois à des sommets. Voici par exemple M. M., dont Casanova écrit que «cette femme religieuse, esprit fort, libertine et joueuse, était admirable en tout ce qu'elle faisait». Elle envoie un jour une lettre d'amour à son Casanova. Version Laforgue : «Je lance mille baisers qui se perdent dans l'air.» Casanova, en réalité, a noté (et c'est tellement plus beau) : «Je baise l'air, croyant que tu y es.»

Détails ? Sûrement pas. L'amour est la science des détails.

«Ma vie est ma matière, ma matière est ma vie», dit Casanova. D'habitude la littérature, les romans servent à imaginer la vie qu'on n'a pas eue, ici c'est le contraire : quelqu'un *se rend compte*, comme dans un jugement dernier, que sa vie a été tissée comme un livre, un immense roman :

«En me rappelant les plaisirs que j'ai eus, je les renouvelle, j'en jouis une seconde fois, et je ris des peines que j'ai endurées et que je ne sens plus. Membre de l'univers, je parle à l'air, et je me figure rendre compte de ma gestion, comme un maître d'hôtel le rend à son maître avant de disparaître.»

22

Admirable formule : «Membre de l'univers, je parle à l'air... » L'air écoute. Le personnage appelé Casanova (celui qui a existé et qui va mourir) se considère comme un maître d'hôtel par rapport à lui-même. Il s'est fidèlement accompagné, soigné, servi. En tant que maître d'hôtel, il peut disparaître de la grande auberge de la vie. Il ne dit pourtant pas que le maître, lui, s'efface. Jacques n'est pas fataliste. Son double est son secrétaire. Le corps s'en va, l'esprit juge. L'esprit est un récit.

Tel est Casanova : il s'organise une fête de tous les instants, rien ne l'empêche longtemps, rien ne le contraint, ses maladies mêmes et ses fiascos l'intéressent ou l'amusent ; et toujours, partout, à l'improviste, des femmes sont là pour rentrer dans son tourbillon magnétique. Il va, il vient, et surtout il *s'évade*. C'est, sans nul doute, le technicien le plus consommé de l'évasion (et qu'est-ce que l'*Histoire de ma vie*, écrite dans un coin perdu de Bohême, sinon une évasion de grand style hors de l'espace et du temps ?).

Les femmes qui jouent dans son camp sont souvent, comme par hasard, des sœurs, des amies, quand cela ne va pas jusqu'à la mère et la fille. Frottons-nous les yeux, et lisons :

« Je n'ai jamais pu concevoir comment un père pouvait aimer tendrement sa charmante fille sans avoir au moins une fois couché avec elle. Cette impuissance de conception m'a toujours convaincu, et me convainc encore avec plus de force aujourd'hui, que mon esprit et ma matière ne font qu'une seule substance. »

Et le blasphémateur insiste :

« Les incestes, sujets éternels des tragédies grecques, au lieu de me faire pleurer, me font rire. »

On croit rêver. Le Commandeur, dans *Don Giovanni*, ne serait-il qu'un père incestueux, furieux, depuis l'au-delà, de ce que l'autre, le diable, ait réalisé son rêve sur sa fille ? Jocaste, au fond, ne savait-elle pas qu'Œdipe était son fils ? Et ce dernier, à l'aveuglette, n'a-t-il pas été ambigu et trouble avec sa fille Antigone, qui était aussi sa demi-sœur ? Arrêtez, ou vous allez disparaître dans le feu éternel. Il faut entendre ce *défi* de Casanova, cette formidable déclaration d'inceste revendiqué (et d'ailleurs pratiqué et raconté, lors d'une nuit fameuse à Naples).

Voilà de quoi troubler ou scandaliser à jamais toutes les sociétés, quelles qu'elles soient. La question est alors la suivante : comment une société a-t-elle pu laisser *passer* cet aveu ? Nous ne devrions pas lire ce genre de discours (et aujourd'hui moins que jamais, sans doute, devant le retour en force de l'ordre moral). C'est souvent l'impression que l'on a en traversant le XVIIIe siècle : des êtres humains sont là, comme coupés de l'humanité, et pour ainsi dire détachés d'elle. La concentration de leur liberté est telle qu'elle a l'air perpétuellement en avance sur nous. Écoutez Mozart : cela s'entend tout de suite. Même effet de coup d'air en lisant Casanova. S'il a raison, et s'il l'a prouvé, les neuf dixièmes des ruminations humaines s'effondrent. On a donc décidé qu'il se vantait. Mais rien n'est moins sûr.

« Mon esprit et ma matière ne font qu'une seule substance. » Les aventures de Casanova, l'aimantation qu'elles dégagent, viennent sans doute de cette « substance » qui le constitue, et dont aucune métaphysique ne peut rendre compte. À cause d'elle, et de la détestation de la servitude et de la mort qu'elle entraîne, les portes s'ouvrent, les murs s'écartent, les ennemis disparaissent, les hasards heureux se multiplient, les sorties de prison sont possibles, les parties de jeu tournent bien, le suicide est suspendu, la folie est utilisée et vaincue, la raison (ou du moins une certaine raison supérieure) triomphe.

Casanova est kabbaliste, il est magicien, mais, contrairement au sens commun (même celui qui se prétend raisonnable), il n'y croit pas, il se moque constamment de la crédulité des élites de son temps. Cagliostro ou le comte de Saint-Germain le font rire. Son histoire avec la marquise d'Urfé (qui attend de Casanova, super-sorcier sexuel, d'être transformée, en renaissant, en homme) est une des plus ahurissantes jamais vécues (ou du moins racontées). Charlatan, Casanova? Si l'on veut, quand il le faut, mais charlatan qui *s'avoue*, cas sans précédent et sans suite, en précisant, chaque fois, la vraie cause, sexuelle, des superstitions. Il est comme Freud, au fond, mais en plus comique. Freud, c'est le bilan d'un siècle de refoulement; Casanova, le récit d'un siècle de libération qui, après tout, a produit la seule Révolution dont on parle encore.

Il rencontre des stars de son temps? Pas de problèmes. Voltaire? On lui récite l'Arioste, on le fait pleurer. Rousseau? Manque de charme, ne sait pas rire. Frédéric de Prusse? Saute d'un sujet à l'autre, n'écoute pas les réponses qu'on lui fait. Catherine de Russie? On voyage avec elle en discutant du calendrier. Le cardinal de Bernis? C'est un ami de débauche, à Venise, et plus tard un protecteur à Paris. Le pape ? Il vous donne, au début du chemin, la même décoration qu'à Mozart.

À propos de pape, la position de Casanova a d'ailleurs de quoi surprendre. Il commence son *Histoire* ainsi :

« La doctrine des stoïciens et de toute autre secte sur la force du destin est une chimère de l'imagination qui tient à l'athéisme. Je suis non seulement monothéiste, mais chrétien fortifié par la philosophie qui n'a jamais rien gâté. »

Pire : il serait mort en murmurant, paraît-il : « J'ai vécu en philosophe, je meurs en chrétien. »

La Providence, dit-il encore, l'a toujours exaucé dans ses prières (notamment lors de son évasion des Plombs). « Le désespoir tue ; la prière le fait disparaître et, quand l'homme a prié, il éprouve de la confiance et agit. » Casanova en train de prier ? Quelle scène. On voit bien à quel point il est *méconnu.*

Étonnante profession de foi, en tout cas, pour l'homme qui jette en même temps à la face de ses semblables cette phrase destinée à être comprise par ceux qui « à force de demeu-

rer dans le feu sont devenus salamandres»
(allusion clairement alchimique) :

«Rien ne pourra faire que je ne me sois
amusé. »

Tel est le ton fondamental, positif, de la première apologie détaillée du temps irréversible.

Casanova est présent : c'est nous qui avons
dérivé loin de lui, et, de toute évidence, dans
une impasse fatale. Un soir, à Paris, il est à
l'Opéra, dans une loge voisine de celle de
Mme de Pompadour. La bonne société s'amuse
de son français approximatif, et par exemple
qu'il dise ne pas avoir froid chez lui parce que
ses fenêtres sont bien «calfoutrées». Il intrigue,
on lui demande d'où il vient : «de Venise».
Mme de Pompadour : «De Venise? Vous venez
vraiment de là-bas?» Et Casanova : «Venise
n'est pas là-bas, madame, mais là-haut.» Cette
réflexion insolente (dont la marquise se souviendra plus tard, lorsqu'il sera sorti des Plombs
par les toits) frappe les spectateurs. Le soir même,
Paris le reçoit.

Vous dites « Prague », et, immédiatement, les clichés du XXe siècle surgissent : la ville doit être sombre, médiévale, démoniaque, stagnante, l'horloge du temps s'y est arrêtée, c'est la cité du Golem et de Kafka, du *Procès*, du *Château*, de l'absurde, d'un complot gluant des ténèbres. On a beau savoir que le mur de Berlin est tombé, que la « révolution de velours » a eu lieu, on pense d'abord aux invasions successives, l'allemande, la russe, et au lourd sommeil « socialiste » coincé entre la police et l'armée.

Aller chercher Casanova à Prague a donc l'air d'une plaisanterie, d'une provocation et, en tout cas, d'un pari impossible. Et pourtant, il est là, quelque part, pas loin. Le narrateur vient de New York, en passant, une fois de plus, par Venise. C'est la première fois qu'il vient ici. Ici ? La surprise est totale, car ici, à Prague, c'est encore et toujours l'Italie. Il se demande s'il n'a pas débarqué par erreur à Naples. La ville flambe de couleurs, on la repeint, on la met en perspective pour les touristes, ses palais et ses églises vibrent sous le soleil, roses, vert pâle, ocre, blancs, jaunes. Le baroque est chez lui, et donc la Contre-Réforme jésuite (attention, le professeur Laforgue va censurer le mot «jésuite»).

À part le hideux et massif monument élevé sur la place principale à la mémoire de Jan Hus (on pourrait le dynamiter avec bonheur, de même que la sinistre statue de Giordano Bruno sur le Campo di Fiore, à Rome), tout est clair, magnifiquement proportionné, joyeux, musical. Le château, là-haut? Un enchantement d'emboîtements (surtout la nuit). Les escaliers, les terrasses? Un rêve de partitions symphoniques. D'ailleurs, comme un clin d'œil, des affiches rouges, un peu partout, annoncent une représentation imminente du *Don Giovanni* de Mozart.

Le narrateur ne dit rien, il marche, il se faufile, il vérifie qu'il y aura tout à l'heure un peu partout des concerts (Bach, Vivaldi, Mozart encore), il rentre à son hôtel, il dort un peu, il ressort. Il va, bien sûr, visiter le cimetière juif et ses tombes dressées, chaotiques, dans un silence d'écriture et de foi, mais il en est vite chassé par la pression mercantile des visiteurs. Il se fait un devoir d'aller admirer la *Lorette* (cette fois il est à

Florence ou à Pise), il prend la précaution de se faire photographier ici et là, notamment devant le café *Kafka* ou le fast-food *Casanova*. Tout cela se mélange un peu dans sa tête, il a l'impression d'être lui-même le lieu d'une fusion étrange, et pourtant lumineuse et vraie : il cherche Kafkasanova.

Étrange ? Non. Kafka, ce séducteur en temps de détresse, lui fait signe, lui montre la voie, c'est-à-dire le tournant du temps qui parle sans bruit, dans une langue secrète, de résurrection et de renaissance. *Chut !* Il est sans doute trop tôt pour le dire, il faut rester très prudent, même si l'évidence saute aux yeux avec calme. Méfiance, pourtant : l'esprit qui toujours **nie**, l'esprit de ricanement et de désespoir, est probablement toujours actif, tapi dans un coin. Pourtant, pas de doute, la couleur de l'innocence est là. « Pentiti ! No ! Si ! Si ! No ! No ! » On *contourne* le Commandeur, on ne se repent pas, on a appris, comme une salamandre, à vivre au milieu des flammes. Quelqu'un a eu raison pour toujours, ici, de chanter pour la première fois, en octobre 1787 (il y a juste deux cent dix ans), la liberté, les femmes, le bon vin — et le reste. Kafka, toujours élégamment debout, est un héros de cette liberté, fait prisonnier par la surdité dix-neuvièmiste. On est venu, en kabbaliste, défier, en sa faveur, la Terreur. On l'invite à la représentation de ce soir, avec Jacques Casanova. Il y aura des musiciens, des chanteuses, la seule humanité sauvée *a priori* du naufrage, c'est clair.

Le voyageur, le lendemain, tôt, est impatient de prendre une voiture et d'aller à Duchkov, chez Casanova. Duchkov, c'est bien le Dux d'autrefois, là où est l'ancien château des Waldstein, dans lequel, pendant treize ans, Casanova a joué le rôle de bibliothécaire? Là-haut, oui, sur la route d'Allemagne, vers Dresde? C'est cela. Est-ce que, par hasard, *Duchkov* veut dire quelque chose en tchèque? Mais oui, dit le chauffeur en anglais, c'est « the ghost's village », le village de l'esprit, avec le sens de fantôme.

Ça promet.

Dux, le guide, en latin (avec la fâcheuse signification prise par la suite par *Duce*), est donc devenu un nom hanté. Casanova était, on le sait, un excellent latiniste. *Dux*, *Lux*, ces rapprochements ne lui ont pas échappé. Où êtesvous, en ce moment? À Dux, dans un château, en Bohême. Quelle *adresse*, pour écrire et finir ses jours.

Il pleut un peu. La voiture roule dans la campagne étrangement déserte, collectivisée donc inhabitée. Le pays est très beau. Des forêts de hêtres et de bouleaux, bientôt, des petites montagnes, et partout la beauté d'or de l'automne (on est en octobre). À gauche, soudain, un monastère baroque à demi détruit (communisme oblige) en cours de rénovation. Le narrateur s'arrête dans le vent mouillé, il contemple des Vierges de pierre en lévitation et des anges, au milieu des feuilles flottantes. Personne. Le silence est complet. On repart, et c'est là, bientôt, que se produit le premier événement de ce jour mémorable.

C'est dans un tournant de la route. Déjà, de loin, sur la droite, on pouvait apercevoir d'anciennes fortifications rouge sombre. Une ville militaire, sans doute, un point stratégique, un centre de garnison. Oui et non. Il s'agit de Terezin, Theresienstadt, la ville spectrale par excellence. Lieu terrible de la barbarie et de la ruse nazies, lieu d'exploitation sordide des populations juives «regroupées», lieu de souffrance, de parquage, de tri, de chantage, de torture, de meurtre. Dans un grand espace vide, vingt-huit mille petites tombes de pierre sont alignées avec des roses rouges plantées auprès de chacune d'elles. On dirait des tombes d'enfants. Au loin le fort principal. Une grande croix dressée (avec une couronne d'épines) et une étoile de David, plus loin, derrière, près de laquelle sont accumulés des centaines de bouquets de fleurs (on doit venir ici du monde entier). Le narrateur descend de voiture et va marcher dans cette plaine des morts. Il se pétrifie bientôt, d'ailleurs, devant... quoi ? L'innommable. On n'est plus dans le temps historique normal, calculable, mais dans une autre substance d'orage qu'il n'est pas nécessaire de définir (ce que Claude Lanzmann, à propos de *Shoah*, appelle « l'immémorial »).

Terezin, pour le voyageur, est comme un avertissement : s'il parle de résurrection, de renaissance, de fête, de couleurs, de Mozart, cela ne signifie nullement un « retour » exotique au XVIIIe siècle. On n'est pas là pour faire du cinéma décoratif en costumes, c'est-à-dire pour ajouter un contresens à tous ceux dont Casanova a été (et continue d'être) l'objet. Non : il s'agit d'être à la mesure (si possible, mais est-ce possible ?) de la pulsion de mort qui est *là*. Cela me fait penser à quelqu'un (un poète surréaliste, en l'occurrence) qui trouvait que Casanova manquait du « sens du tragique ». Mais au contraire : le sens du temps, de l'instant, la sensibilité à chaque *situation* du temps impliquent une perception aiguë du négatif. Stefan Zweig, lui aussi, trouvait Casanova léger : « Léger comme un éphémère, vide comme une bulle de savon. » Ce sont là des propos superficiels de la pseudo-profondeur (très répandue, et finalement cléricale). Mozart est déchirant *et* léger. L'amour, aussi fort que la mort, est fait pour triompher d'elle.

Il s'agit d'être attentif et sérieux, voilà tout.

Le voyage continue, mais il est entendu, maintenant, qu'il a lieu dans un autre espace que celui des cartes géographiques, comme si on avait franchi une ligne à haute tension invisible. Le chauffeur est silencieux et indifférent (il a dû passer par là cent fois). Après Terezin, la ville de l'horreur muette, la voiture roule donc maintenant vers le nord-ouest, vers Dux, Duchkov, le village-fantôme.

Le voici enfin, ce village. Rien de particulier, sauf, en arrivant sur une place, le beau château baroque ocre et blanc, flanqué d'une église, posé comme par inadvertance en plein centre. C'est là.

Tout est désert. Mais soudain, des klaxons, des voitures lancées à toute allure, déboulant d'on ne sait où. C'est un mariage. Les gens du château sont partis il y a longtemps, on vient se marier chez eux. Le narrateur ne s'étonne déjà plus de rien, il sait qu'aujourd'hui est un jour spécial, qu'il y aura, ainsi, un certain nombre de signes, d'intersignes. Il s'agit donc d'une noce paysanne (et, comme par hasard, le narrateur a dans son sac de voyage un livre de

Kafka intitulé : *Préparatifs de noce à la campagne*).
Est-ce que la jolie mariée, grande et brune,
accepterait, devant les grilles du château, de se
faire photographier avec un voyageur français ?
Son fiancé et son père n'y voient pas d'in-
convénients ? Mais non, comment donc. Et tout
le monde entre.

J'arrive donc chez Casanova pour un mariage.
Comme ça. Son château est devenu la mairie, on
aurait pu s'en douter (mais cela étonnerait fort
le comte Waldstein s'il était là, et encore plus le
prince de Ligne). Ce qui est étrange, c'est que
Giacomo a eu ici, très vite, une aventure trouble
avec une jeune paysanne de l'endroit qui, dit-il,
pour le servir, entrait à tout moment dans sa
chambre. Elle tombe enceinte, on soupçonne
cet étranger bizarre qui n'arrête pas d'écrire, il
se défend, la colère populaire monte, encore
une scène de *Don Giovanni*, enfin un coupable
se dénonce (vrai ? faux ?), on marie les jeunes
gens, l'incident est clos.

Ouf, on a eu chaud.

La noce attend le maire, je visite. L'appartement de Casa, transformé en musée, n'est pas
très grand (deux pièces), mais pas mal du tout.
Les fenêtres donnent sur la cour d'entrée et sur
les statues qui la bornent (entre autres, un Her-

cule géant). C'est ici que monsieur le bibliothécaire, mal payé, mais la question n'est plus
là, a écrit *Histoire de ma vie*, à raison de douze ou
treize heures par jour (et par nuit). Du mobi-
lier, il ne faut retenir, près d'une fenêtre, que
ce fauteuil Louis XV, rose, dans lequel il est
mort.

La jeune fille rousse qui sert de guide ne parle
que le tchèque ou l'allemand. Un peu l'anglais
tout de même (mais ce sont surtout des Allemands qui viennent voir la tanière du monstre).
De toute façon, elle récite les banalités classiques. Beau château, beau parc, enfilades de
salons bien entretenus, tableaux de batailles,
portraits, lustres, meubles anciens (tout cela a
dû être reconstitué après la guerre). Nous voici
de nouveau dans la bibliothèque de M. le chevalier de Seingalt. La guide s'appuie contre les
livres. Elle semble tomber, comme prise d'un
malaise. Non, elle fait simplement jouer un
déclic secret, elle *pousse*. Une porte dérobée
s'ouvre donc, et, là... Non ? Si.

Une pièce à peine éclairée. Un mannequin
de cire habillé «à la dix-huitième», avec per-
ruque. Il est en train d'écrire, plume d'oie à la
main, sur un bureau encombré de dossiers,
sous une lampe rouge (présence réelle). Mise

en scène musée Grévin. C'est lui! Casa! Le fantôme du château! De l'Ancien Régime! Ne faites pas entrer la mariée, surtout!

La guide est contente de son effet. Casanova empaillé dans un réduit obscur, il fallait y penser. On imagine la suite : le soir, le château nationalisé ferme. Plus personne. Là-haut, dans son cagibi, le vampire, immortalisé et bouclé, poursuit son travail de démoralisation sociale. Ces Tchèques ont une sorte d'humour.

On aimerait parfois que les murs puissent parler.

Mannequin momifié, soit, mais où est passé le corps? Pas à l'intérieur du château ou du parc, en tout cas, ni dans l'église fermée d'à côté. Alors? « Plus loin, là-bas. » Où ça? Dans les bois? J'arrive près d'un lac sur lequel (les intersignes recommencent) se lève à l'instant un magnifique arc-en-ciel. J'en ai rarement vu d'aussi beaux. Je n'invente rien, bien entendu : ni le mariage, ni le fantôme cireux, ni l'arc-en-ciel dédoublé qui, maintenant, me guide. N'en jetez plus, c'est trop. Mais enfin, voici l'église Santa Barbara (fermée, elle aussi), sur la façade de laquelle (est-il encastré dans le mur?) on peut lire la plaque suivante :

JAKOB CASANOVA
VENEDIG, 1725
DUX, 1798.

Jakob pour Giacomo, *Venedig* pour Venise.
Casanova a été enterré en allemand.

L'allemand aura été, pour finir, le drame quo-
tidien de Casa. Il parle italien, il écrit sans arrêt
en français, son existence foisonnante résonne
de nouveau dans cette langue. Or, à Dux, il vit
entouré de domestiques qui ne parlent qu'allemand, et, comme l'écrit Francis Lacassin dans sa
préface de 1993 à l'*Histoire*, environné « de paysans qui ne parlent, eux, que le patois — nous
dirions aujourd'hui le tchèque ».

Tout se passe donc plutôt mal. Nous sommes
en 1791 : un bibliothécaire, jugé d'ailleurs super-
flu, qui passe son temps à écrire dans un langage
incompréhensible et de mauvaise réputation (la
Révolution), suscite forcément, chez les esprits
bornés, la méfiance, la jalousie, la haine. Le plus
drôle, c'est que Casanova voit, dans cette détestation, la main lointaine des « Jacobins » contre
lui. Depuis le début, on a l'impression qu'il doit
se battre sur deux fronts : l'arrogance de la
noblesse, d'un côté ; l'agressivité populaire de
l'autre. On pense au mot de Chateaubriand :

«Pour les royalistes, j'aimais trop la liberté; pour les révolutionnaires, je méprisais trop les crimes.»

Les persécuteurs de Casa, au château, sont le régisseur, Feldkirchner, et son complice (Giacomo dit même son «mignon»), le courrier Wiederholt. Le comte Waldstein les renverra plus tard. Mais on imagine sans peine, au jour le jour, les mesquineries, les grimaces, les moqueries dont le bibliothécaire graphomane a pu faire l'objet. Casanova se venge par écrit, en déformant le nom du régisseur, mais sa satisfaction doit être mince :

«Courage, donc, monsieur Faulkircher, répondez à ces lettres; mais soyez assez honnête pour me faire parvenir vos réponses en français, ou en latin, ou en italien, ou même en espagnol, comme je le suis pour vous les envoyer en allemand. Je paye un traducteur, payez-en un vous-même, et ne soyez pas honteux de publier votre ignorance, vous dans toutes les langues de l'univers, et moi dans l'allemande.»

Voilà la déclaration d'un sudiste qui se sait déjà en position historique d'infériorité. Cet état de choses va durer deux siècles, il dure encore. L'Empire français, issu de la Révolution, n'a en réalité préparé que la domination anglaise, puis allemande (l'allemand remplacera le français en Russie, après Pouchkine), puis russe, puis américaine. Le grec? Le latin? N'en parlons plus, ou de moins en moins. L'italien est vite marginalisé, l'espagnol attendra longtemps sa remontée sud-américaine, et quant au français, après avoir été la première langue du monde, il cède la place à l'anglais, lui-même réduit, via Internet, à ses éléments de base. Le Nord s'est organisé puissamment, le Sud (pour l'instant, du moins) est battu.

Il ne faut donc pas s'étonner si Casanova apparaît rapidement, après sa mort, comme un dinosaure vaguement ridicule. Une autre organisation du monde (cinéma compris) l'exige. Encore une fois, ce qu'il a *écrit* ne compte pas : il est, d'office, mis en spectacle.

Lettre de Casanova au régisseur de Dux :

« Votre coquin de Viderol, vrai valet de bourreau, ayant arraché mon portrait d'un de mes ouvrages, y griffonna mon nom avec l'épithète que vous lui avez apprise, puis le colla sur la porte des lieux-communs avec sa matière ou la vôtre, car un commerce infâme en rend le mélange facile. »

Tout écrivain est paranoïaque, c'est entendu, mais la scène en question (avec sa coloration anale) est quand même très révélatrice d'un certain *climat*. On n'est pas surpris qu'un peu plus tard le courrier Wiederholt (« Viderol ») agresse monsieur le bibliothécaire à coups de bâton dans une rue du village (on est alors le 11 décembre 1791, Casanova a plus de soixante-cinq ans, il entame aussitôt des poursuites judiciaires qui n'aboutiront pas).

Voilà pour la base. Mais montons dans les étages, et observons le comportement de l'aristocratie à l'égard de Casanova. Le meilleur exemple en est, sans doute, le prince de Ligne. Ligne est un seigneur de haut rang, un diplomate important, un homme d'esprit qui se pique de libertinage et d'athéisme, et, de plus, un excellent écrivain (en français). Il a bien connu Casanova en Bohême, il l'admire et le jalouse, il est fasciné par sa lecture fragmentaire de l'*Histoire* (dont il espère, en secret, qu'elle ne sera jamais publiée). Il a, bien entendu, tous les préjugés de sa classe par rapport à un individu aventureux sorti de rien. Son comportement est donc à double face.

Ses lettres à Casanova, peut-être sourdement ironiques, sont des déclarations d'amour enflammées («je vous suis tendrement attaché») :

«Amusez-vous, occupez-vous toujours, mon cher Casanova, ne faites jamais que des réflexions comiques sur la lanterne magique de la vie...»

«Vous vous êtes si bien trouvé de n'être pas châtré, pourquoi voulez-vous que vos ouvrages le soient?»

«Quand je rencontre un sot, je me dis quel malheur de ne pas passer ma vie avec celui qui en est la terreur!»

«Un tiers de ce charmant tome second, mon cher ami, m'a fait rire. Un tiers m'a fait bander, un tiers m'a fait penser. Les deux premiers vous font aimer à la folie, et le dernier vous fait admirer. Vous l'emportez sur Montaigne. C'est le plus grand éloge, selon moi.»

«Mon cœur tout haut et tout bas me dit qu'il est à vous; et encore n'est-il pas pur dans ce sentiment, car il y a de l'orgueil à aimer et être aimé d'un homme comme vous, qui fait l'arrière-garde des gens les plus célèbres qui existaient autrefois… » Etc., etc.

Que d'éloges! Que de passion! Je prends cependant un pari : le prince de Ligne ne croyait sûrement pas que ses lettres à Casanova seraient publiées un jour, ni que Casanova, *nouveau Montaigne* (même travesti), serait plus célèbre que lui. Il aimait Casanova? Peut-être. Mais quand il est question de lui pour le public, le ton change (et le préjugé social, le dépit amoureux et la jalousie littéraire éclatent).

D'abord un portrait à clé, facilement déchiffrable, où Casanova apparaît sous le nom d'*Aventuros* :

« Ce serait un bien bel homme, s'il n'était pas laid ; il est grand, bâti en Hercule ; mais un teint africain, des yeux vifs, pleins d'esprit à la vérité, mais qui annoncent toujours la susceptibilité, l'inquiétude ou la rancune, lui donnent un peu l'air féroce, plus facile à être mis en colère qu'en gaieté. Il rit peu, mais il fait rire ; il a une manière de dire les choses, qui tient de l'Arlequin balourd et du Figaro, et le rend très plaisant. Il n'y a que les choses qu'il prétend savoir, qu'il ne sait pas : les règles de la danse, de la langue française, du goût, de l'usage du monde et du savoir-vivre. »

Poison à peine sucré d'amant éconduit. Au passage, l'insinuation calomnieuse :

« Les femmes et les petites filles surtout sont dans sa tête, mais elles ne peuvent plus en sortir pour en passer ailleurs... Il se venge de tout cela contre tout ce qui est mangeable et potable ; ne pouvant plus être un dieu dans les jardins, un satyre dans les forêts, c'est un loup à table... »

Casanova obsédé sexuel et principalement pédophile ? Aigri par l'impuissance, et réduit à manger ? Merci, cher ami, mon lecteur, mon prince ! Et encore ceci :

« Ne manquez pas de lui faire la révérence, car un rien vous en fera un ennemi : sa prodigieuse imagination, la vivacité de son pays, ses voyages, tous les métiers qu'il a faits, sa fermeté dans l'absence de tous ses biens moraux et physiques en font un homme rare, précieux à rencontrer, digne même de considération et de beaucoup d'amitié de la part du très petit nombre de personnes qui trouvent grâce devant lui. »

Un peu de considération tout de même. Considération commisérative, s'entend. On ne sait jamais. Ailleurs, Ligne précise que Casanova était le fils d'un père inconnu et d'une mauvaise comédienne de Venise. Mais voici le point essentiel : les Mémoires de cet aventurier ont « du dramatique, de la rapidité, du comique, de la philosophie, des choses neuves, sublimes et inimitables », *mais* :

« Je ferai ce que je pourrai pour me ressouvenir de ces Mémoires, dont le cynisme, entre autres choses, est le plus grand mérite, mais que cette raison empêchera de voir le jour. »

Regret ou souhait ? La suite permet de s'en faire une idée. Casanova, au fond, était ridicule :

« Il a parlé allemand, on ne l'a pas entendu. Il s'est fâché, on a ri. Il a montré de ses vers français, on a ri. Il a gesticulé en déclamant de ses vers italiens, on a ri. Il a fait la révérence en entrant, comme Marcel le fameux maître de danse le lui avait appris il y a soixante ans, on a ri. Il a fait le pas grave dans son menuet à chaque bal, on a ri. Il a mis son plumet blanc, son droguet de soie dorée, sa veste de velours noir, et ses jarretières à boucles de strass sur des bas de soie à rouleau, on a ri. »

Mais quel est donc ce *on* qui a ri?

Le prince de Ligne est d'accord avec les domestiques du château de Dux. Comme quoi les maîtres et les esclaves s'entendent plus souvent qu'on ne croit.

Et ça continue :

« Les mères du village se plaignent de ce que Casanova veut apprendre des sottises à toutes les petites filles. Il dit que ce sont des démocrates... Il se donne des indigestions, et dit qu'on veut l'empoisonner. Il est versé, il dit que c'est par ordre des Jacobins... »

Pas seulement ridicule, ce Casanova, mais encore malsain, et pour dire le fond des choses gravement *dérangé*. La preuve :

« Il prétendait que chaque chose qu'il avait faite, c'était par l'ordre de Dieu, et c'était sa devise. »

47

Un pauvre fou, ce Casanova, qui ne manquait pas d'esprit et de courage, quoique toujours à s'agiter, à se désoler, à gémir. Des femmes? Allons, allons, tout au plus des petites filles.

Dans la lettre à Casanova où il lui déclare qu'un tiers de son *Histoire* l'a fait «bander», Ligne ajoute : «Vous me convainquez comme physicien habile, vous me subjuguez comme métaphysicien profond, mais vous me désobligez comme antiphysicien timide, peu digne de votre pays. Pourquoi avez-vous refusé Ismaël, négligé Pétrone, et avez-vous été bien aise que Bellisse fût une fille?»

Il faut lire plus loin que les jeux de mots dont s'enchante l'esprit paradoxal, mais souvent étrangement frivole, du prince. L'histoire de Bellisse (Bellino) est celle d'un garçon au charme si prenant qu'on se laisserait aller à l'aimer, mais qui se révèle être une fille travestie en homme.

«Antiphysicien», à l'époque, est le mot pour homosexuel (Frédéric de Prusse, par exemple, est un «antiphysicien» notoire, ce qui n'est pas sans colorer les hauts et les bas de ses relations avec Voltaire). Lisons entre les lignes de Ligne : allons, mon cher ami que j'adore, soyez moins *timide*. Il s'agit d'une proposition *spirituelle*, bien entendu, mais aussi physique.

On connaît le disque : si Casanova s'intéresse tellement aux femmes, c'est sans doute parce qu'il était, sans se l'avouer, homosexuel. D'ailleurs, ces histoires de femmes sont douteuses, il faudrait avoir leur version à *elles*. De toute façon, que recherche un homme dans ses aventures féminines multiples, sinon l'image unique de sa mère? Don Juan n'était-il pas, au fond, homosexuel et impuissant?

On parle beaucoup, désormais, d'*homophobie*, mais jamais d'*hétérophobie* : c'est étrange.

Allons, inutile de vous cacher derrière ces masques : vous poursuivez l'Une-Seule à travers toutes ces toutes. Votre catalogue ne nous abuse pas, c'est un alibi, un rempart, un aveu à l'envers. Votre acharnement à dire blanc prouve que vous voulez dire noir. Vous vous croyez averti, vous êtes inverti. En fait, vous êtes une femme à la recherche d'hommes. Et si ce n'est pas le cas, ça *devrait* l'être, etc.

Une psychanalyste, d'ailleurs, nous le confirme : Casanova était « à la merci des désirs féminins » (faux : parfois, pas toujours) ; « les femmes sont ses maîtres, le féminin le fascine au point de vouloir s'y confondre » (nullement) ; « il est le *jouet* du plaisir des femmes » (version marionnette Fellini). Et encore : « Emprisonné (*sic*) par son identification à la toute-puissance maternelle, et n'ayant pas d'appui paternel suffisant pour s'en détacher » (dans quel but, devenir psychanalyste ? Être enfin un *bon père*), Casanova pense que « si Dieu existe, il est féminin ».

Pas assez homo pour l'un, trop asservi aux femmes pour l'autre ; parlant bizarrement de Dieu pour le premier (qui s'en moque) ; transformant Dieu en femme pour la seconde : pauvre Casanova. On lui appliquera donc sans cesse la critique dévote, mondaine, populiste, marxiste, psychanalytique — et il finira en publicité pour produits de beauté ou en recettes de cuisine, c'est sûr.

Ligne, à un moment, lui conseille de confier secrètement son *Histoire* à son propre éditeur qui lui verserait là-dessus une rente jusqu'à sa mort :

«Dites que vous avez brûlé vos Mémoires. Mettez-vous au lit. Faites venir un capucin, et qu'il jette quelques rames de papier dans le feu, en disant que vous sacrifiez vos ouvrages à la Vierge Marie. »

Autrement dit : soyez hypocrite. Mais, justement, Casanova (même s'il sera un temps agent des Inquisiteurs à Venise) *n'est pas* hypocrite.

Le prince de Ligne, en 1814, est une vedette du congrès de Vienne, avec Talleyrand et Metternich. Il s'agit de redéfinir l'Europe après la tornade Napoléon. Ce prince va mourir en plein congrès. Je l'imagine, un peu somnolent pendant les séances, en train de se poser cette question : au fait, que sont devenues les trois mille sept cents pages manuscrites d'*Aventuros*? Brûlées par un capucin, sans doute. Dommage. Ou heureusement. Un monde est fini.

Sequere Deum, suivre le Dieu : devise de Casanova. *Le* Dieu, pas *la*. Dieu, contrairement à ce que pensent beaucoup d'humains, n'est pas une femme, et est seulement à moitié un homme. Ce que femme veut, Dieu le veut ? Si on veut.

Si Dieu était une femme, il aurait moins de succès auprès des femmes (au point que les hommes, comme le prouvent les religions, désirent devenir des femmes pour lui). Version plus dure : Casanova dénie l'Œdipe et la castration. Mais nous constatons que l'Œdipe le fait rire (scandale), et quant à la castration, elle revient surtout aux censeurs de son récit.

Qu'est-ce qu'il dit, lui, en réalité ? Des choses très directes, très simples :

« Le tempérament sanguin me rendit très sensible aux attraits de toute volupté, toujours joyeux, et toujours empressé de passer d'une jouissance à l'autre, et ingénieux à les inventer. »

Le tempérament « sanguin », c'est sa jeunesse. Mais il prétend, l'animal, avoir fait le tour de la question en ayant eu, successivement, « les quatre tempéraments » : le pituiteux dans l'enfance (invraisemblable enfance), le sanguin, le bilieux (il se fait un sang d'encre, c'est vrai, à l'âge de trente-huit ans), le mélancolique, enfin, excellent pour raconter tout le reste (et au diable, alors, les « petites filles » !).

Écoutons-le :

« Cultiver les plaisirs de mes sens fut, dans toute ma vie, ma principale affaire ; je n'en ai jamais eu de plus importante. Me sentant né pour le sexe différent du mien, je l'ai toujours aimé, et je m'en suis fait aimer tant que j'ai pu. J'ai aussi aimé la bonne table avec transport, et passionnément tous les objets faits pour exciter la curiosité. »

Je suis parce que je sens. Je suis très curieux de la différence. Je l'aime passionnément et je m'en fais aimer.

La différence, mais pas avec n'importe qui, aime être différente. Je ne la laisse pas indifférente. Autrement, c'est l'ennui, qui est à fuir comme la mort.

La mort ? Je la déteste, « *parce qu'elle détruit la raison* » (sublime formule) :

« Je sens que je mourrai, mais je veux que cela arrive malgré moi : mon consentement sentirait le suicide. »

Casanova a failli se suicider, au milieu de sa vie, à Londres. Il sait de quoi il parle. Mais là encore, il l'affirme, comme dans sa miraculeuse évasion des Plombs, il a *suivi le Dieu*. Pourquoi ne pas le croire ?

« Ma mère me mit au monde à Venise, le 2 avril, jour de Pâques, de l'an 1725. Elle eut la veille une forte envie d'écrevisse. Je les aime beaucoup. »

C'est un vieil homme de soixante-douze ans qui écrit ces lignes, probablement parmi les dernières qu'il ait tracées. Il répond aux questions niaises d'une correspondante énamourée de vingt-deux ans, Cécile de Roggendorff, que, d'ailleurs, il ne rencontrera jamais. Le double manuscrit du texte, intitulé *Précis de ma vie*, a été retrouvé dans les papiers de Dux. Il tient en quelques pages, très fermes, et se termine ainsi :

« C'est le seul précis de ma vie que j'ai écrit, et je permets qu'on en fasse tel usage qu'on voudra.

« *Non erubesco evangelium*

« Ce 17 novembre 1797. Jacques Casanova. »

Je ne rougis pas de cet évangile? En latin? Signé J. C., comme Jésus-Christ? Monsieur le kabbaliste exagère.

Cette première phrase mérite d'être considérée comme une des plus extraordinaires jamais écrites. Nous sommes le jour de Pâques, donc il s'agit, implicitement, de Résurrection. Le gros poisson d'avril Casanova surgit au milieu d'une rougeur d'écrevisse. Il naît d'une forte envie de sa mère survenue la veille de sa naissance, et il l'accomplit, cette envie, jusqu'à la veille de sa mort.

Ironiquement, bien sûr.

Sa mère, Zanetta, qui partira bientôt pour Dresde comme comédienne, c'est-à-dire dans une ville toute proche du château où son fils va mourir un jour (ou plutôt disparaître en tant que corps), lui a communiqué quelque chose, mais quoi?

Lisons : j'aime beaucoup les écrevisses, ou plutôt les femmes qui ont, ou font naître, des désirs dont d'autres pourraient rougir.

Dans son manuscrit autographe, Casanova écrit *écrivisse*. Ce qui donne : «Elle eut la veille une forte envie d'écrivisse.»

Écrivisse, écrivisse : écrit, vice. Ce n'est pas seulement l'excellent crustacé qui est convoqué ici, mais l'écriture «à reculons», celle de la mémoire elle-même. Zanetta, ma mère, en ayant une forte envie d'écrevisse la veille de ma naissance a aussi mis au monde, sans le savoir, un écrivain (et un kabbaliste attentif aux mots et aux lettres se transformant en chiffres).

Cependant Casanova ne tombe pas du ciel : il est temps d'arriver à Venise au début du XVIIIᵉ siècle.

Qui prendrons-nous comme intermédiaire ? Un personnage singulier, poète de très mauvaise réputation, qui joue un rôle « paternel » dans l'existence de Giacomo : Baffo.

Zorzi Alvise Baffo (1694-1768) est un patricien membre du Grand Conseil, d'origine noble, mais pauvre. C'est un ami de la famille Casanova, un poète libertin scandaleux qui écrit en dialecte vénitien, et est surnommé « l'enfant de l'Adriatique ». Voici son épitaphe :

> *La promptitude de son esprit*
> *À traverser de maintes manières*
> *Toutes les faces de son sujet*
> *Excuse en quelque sorte*
> *L'extrême lubricité de sa poésie.*

On aurait pu, ici, remplacer le mot *excuse* par *explique*.

Les poèmes de Baffo sont importants pour comprendre la liberté de la vie à Venise, au moment de la naissance de Casanova. Poèmes ? Versets narratifs, plutôt. On peut donc aussi bien les raconter que les traduire (à condition de ne pas gommer les obscénités).

Exemple : il est un jour mélancolique, il se promène, il voit un joli visage de fille à la fenêtre. Il salue, elle sourit, il monte aussitôt chez elle, elle est seule, il lui propose « de la foutre ». Elle répond gentiment que non, qu'elle est vierge, mais qu'elle peut le branler s'il le veut. « Elle voulut me faire décharger sur son con, et je vous jure qu'elle se masturba aussi adroitement que n'importe quelle putain. »

C'est un exemple entre cent. Encore ne choisit-on ici qu'un des plus décents (attention au professeur Laforgue).

Baffo décrit Venise comme un paradis de gaieté, un centre des plaisirs voué à Vénus. Il s'est donc produit une brusque accélération :

« Les femmes mariées ne vivent plus dans la retraite, et on les voit circuler jour et nuit dans la ville… On va librement les trouver dans leur lit, et le mari n'en sait rien, ou, s'il le sait, il ne s'en inquiète pas. »

Les cafés, autrefois, étaient uniquement fréquentés par des putains ou des maquerelles (ce sont les mots de Baffo), mais aujourd'hui « ils sont remplis de bourgeoises, de marchandes, de grandes dames et de coureuses qui meurent de faim… Le soir, elles vont sur la place avec un air, un brio, qui donnent envie de les pincer ».

Les nobles sont « tous vêtus à la française », et mangent tout ce qu'ils possèdent. Les casinos sont pleins et on joue gros jeu :

« L'argent roule de tous côtés ; la ville en devient plus belle ; mais le vice épuise toutes les bourses.

« Sans tous ces vices, les artistes seraient entièrement négligés, et ne tarderaient pas à disparaître.

« Sans l'ambition, la gourmandise et les amours, de grands trésors resteraient enfouis dans un coin.

« Il est regrettable qu'il n'y ait pas plus de putains dans cette ville ; mais les femmes mariées se chargent de les suppléer. »

Il ne faut pas oublier que Venise est la ville de l'Arétin, l'ami du Titien, à la plume redoutable. Baffo continue et aggrave cette tradition. Casanova a lu tout cela très jeune.

« Il y a aussi une foule de virtuoses, chanteuses et danseuses, spirituelles montures sur lesquelles il est agréable de chevaucher...

« Les cantatrices et les danseuses mènent un grand train, et sont aujourd'hui des reines qui traînent les vits à leur suite.

« Ces femmes-là exercent un grand empire sur les hommes ; elles sont libres dans leur allure, et sont l'honneur de leur sexe.

« Elles ont un charme qui attire ; elles n'ont jamais rien de déchiré, et sont toutes aussi propres en dessous qu'en dessus. »

Doit-on rappeler que le musicien qui enchante alors Venise se nomme Antonio Vivaldi ? Le prêtre roux ? Et qu'on entend la liberté elle-même souffler dans sa musique ?

« Quel bonheur, quelle jouissance d'entendre une virtuose chanter pendant que vous l'enfilez !

« Quel plaisir peut être comparé à celui de sentir votre bien-aimée danser sous votre vit ?

« Leur conversation est généralement pleine de charme, et celles qui sont foutables peuvent défier toute comparaison. »

Le vieux mot français de *vit* a son charme. Sade l'emploie, si l'on peut dire, à tour de bras. Le vit a sa vie à lui, il vibre. Il reste masculin, contrairement à ses équivalents modernes. Casanova l'appellera *foudre, coursier, agent principal de l'humanité*, et même, dans ses moments de grande exaltation démonstrative, *Verbe*. Quant au liquide qui en sort, désormais de plus en plus stocké dans les laboratoires sous le nom de sperme, il le nomme *liqueur, nectar, humide radical*. N'est-ce pas mieux ?

Le mot *foutre*, lui, garde son emploi. Mais la rumeur court que, dans son rayon d'action, le chômage s'accroît. L'argot, pourtant, le conserve encore.

Nous pouvons en tout cas juger, à travers Baffo (et son élève), à quel point la Venise touristique a été nettoyée de ces turpitudes. Il reste le Carnaval, sinistre parodie publicitaire des magnifiques désordres d'autrefois. On connaît le programme du Nord : la mort à Venise.

Le monde décrit par Baffo est celui dans lequel Giacomo Casanova a été *conçu*. On sait que Casa a laissé entendre qu'il était le fils naturel d'un Grimani, patricien de Venise (le théâtre où jouaient son père et sa mère, San Samuele, appartenait aux Grimani). Cela expliquerait bien des choses : des protections incompréhensibles des ennuis sérieux, la prison, l'exil, le retour, l'activité d'espion, l'exil de nouveau, après un pamphlet où il s'en prend à toute la noblesse vénitienne, le désir de s'anoblir (« chevalier de Seingalt »), etc. Zanetta, sa mère, était belle. Elle aurait eu par la suite une liaison à Londres avec le prince de Galles, d'où serait issu un nouveau garçon, François, le peintre connu de batailles.

Le père officiel, Gaétano, est peut-être, d'ailleurs, le père génétique. L'époque, qui n'en était pas encore à l'ADN, se montrait, sur ce point, plutôt insouciante Il n'empêche qu'un individu d'exception déclenche forcément des légendes de cette nature, lesquelles viennent aussi de sa propre imagination. Fils de comédien, moi ? Une seconde. Ma famille remonte au xvᵉ siècle, voici les dossiers de mon père, car si c'est lui qui m'a engendré, voyez le travail :

« L'an 1428, D. Jacobe Casanova né à Saragosse, capitale de l'Aragon, fils naturel de D. Francisco, enleva du couvent D. Anna Palafox le lendemain du jour qu'elle avait fait ses vœux. »

Pas mal comme début d'opéra, n'est-ce pas ? Giacomo, par son père, est donc espagnol, et on trouve même, parmi ses ancêtres, un Don Jouan (*sic*), maître du sacré palais à Rome, devenu assassin, et ensuite plus ou moins corsaire du côté de Christophe Colomb. Il y a aussi un Marc-Antoine, « poète dans le genre de Martial », et même, déjà, un Jacques Casanova, militaire opérant en France contre le futur Henri IV.

Un père patricien caché ? Mais pourquoi pas, dans la comédie, le poète Baffo lui-même, qui accompagne si étrangement, comme grand ami de la famille, les débuts du tout jeune aventurier ?

Voici ce que dit Casanova de Baffo :

« M. Baffo, sublime génie, poète dans le plus lubrique de tous les genres, mais grand et unique, fut la cause qu'on se détermina à me mettre en pension à Padoue, et auquel, par conséquent, je dois la vie. Il est mort vingt ans après, le dernier de son ancienne famille patricienne ; mais ses poèmes quoique sales ne laisseront jamais mourir son nom. Les inquisiteurs d'État vénitiens par esprit de piété auront contribué à sa célébrité. Persécutant ses ouvrages manuscrits, ils les firent devenir précieux. »

N'ai-je pas raison de souligner ici : «je lui dois la vie » ?

Le deuxième paragraphe du *Précis de ma vie* est le suivant :

« Au baptême, on m'a nommé Jacques Jérôme. Je fus imbécile jusqu'à huit ans et demi. Après une hémorragie de trois mois, on m'a envoyé à Padoue où, guéri de l'imbécillité, je me suis adonné à l'étude, et à l'âge de seize ans on m'a fait docteur, et on m'a donné l'habit de prêtre pour aller faire ma fortune à Rome. »

Un instant. Qu'est-ce que c'est que cette histoire d'« imbécillité » et d'« hémorragie » ? Dans l'*Histoire*, Casanova nous dit que son existence « en tant qu'être pensant » ne commence qu'à l'âge de huit ans et quatre mois : « Au commencement d'août 1733, l'organe de ma mémoire se développa... Je ne me souviens de rien qui puisse m'être arrivé avant cette époque. »

Étrange amnésie. Voilà un homme de Mémoire qui avoue que sa mémoire présente un trou noir de plus de huit ans (bonjour Freud) ; qui distingue être corporel et être pensant, nous annonçant par là même qu'il a dû se construire une mémoire vertigineuse. Voici donc son premier souvenir, son *éveil*, comme s'il venait d'atterrir sur une planète inconnue, tombé d'une autre galaxie, absurdement jeté en ce monde :

« J'étais debout au coin d'une chambre, courbé vers le mur, soutenant ma tête, et tenant les yeux fixés sur le sang qui ruisselait par terre sortant copieusement de mon nez. Marzia, ma grand-mère, dont j'étais le bienaimé, vint à moi, me lava le visage avec de l'eau fraîche, et à l'insu de toute la maison me fit monter avec elle dans une gondole, et me mena à Muran. C'est une île très peuplée distante de Venise d'une demi-heure. »

Le cas de cet enfant est désespéré. Il faut employer les grands moyens d'autrefois, aller consulter le savoir ténébreux des sorcières. En voici une, justement, assise sur un grabat, entourée de chats noirs. Giacomo doit enfin naître, ou renaître. Il y faut une cérémonie.

La vieille sorcière prend donc ce garçon ensanglanté et l'enferme, hébété, dans une caisse. Elle commence ensuite son grand numéro : rires, pleurs, cris, chants, coups frappés sur la caisse-cercueil. Elle le fait sortir, il saigne un peu moins, elle le caresse, le déshabille, l'allonge sur un lit, brûle des drogues, recueille la fumée dans un drap, l'emmaillote, et lui donne des dragées au goût agréable. Après quoi, elle lui frotte la nuque et les tempes avec un onguent «à l'odeur suave». Puis elle le rhabille, lui prédit le déclin de son hémorragie, à condition qu'il ne parle de cela à personne, sinon il se videra complètement de son sang et mourra. Elle lui annonce enfin, pour la nuit prochaine, la visite d'une dame charmante, mais attention, silence total.

Le petit Giacomo revient chez lui, se couche et s'endort :

« Mais m'étant réveillé quelques heures après, j'ai vu, ou cru voir, descendant de la cheminée une femme éblouissante en grand panier, et vêtue d'une étoffe superbe, portant sur sa tête une couronne parsemée de pierreries qui me semblaient étincelantes de feu. Elle vint à pas lents, d'un air majestueux et doux, s'asseoir sur mon lit. Elle tira de sa poche des petites boîtes qu'elle vida sur ma tête murmurant des mots. Après m'avoir tenu un long discours, auquel je n'ai rien compris, et m'avoir baisé, elle partit par où elle était venue ; et je me suis rendormi. »

On pourrait appeler cette scène : le coup de la Reine de la Nuit. L'effet, sur un enfant de huit ans aussi bizarre, va être très réussi.

Il saigne de moins en moins, Giacomo, sa mémoire fonctionne, il apprend même à lire. En revenant sur cet épisode, il constate seulement que — rêve, mascarade ou hallucination — il a eu, surtout à cause du silence de mort imposé, sa puissance de guérison : « Les remèdes aux plus grandes maladies ne se trouvent pas toujours dans la pharmacie, et tous les jours un phénomène nous démontre notre ignorance... Il n'y a jamais eu au monde des sorciers ; mais leur pouvoir a toujours existé par rapport à ceux auxquels ils ont eu le talent de se faire croire tels. »

Casanova fera souvent le sorcier, en s'étonnant chaque fois, chez les êtres humains, de leur désir de croire. Le bon sens est la chose du monde la moins partagée.

Il est morne, pour l'instant, le petit Giacomo. Il vit à l'écart, personne ne lui parle. On croit son existence « passagère ». Il entame sa destinée de passager.

Après la renaissance chez la sorcière, la découverte du mensonge.

Son père est occupé un jour à un travail d'optique. Giacomo voit « un gros cristal brillanté à facettes » qui l'enchante parce qu'à travers lui la vision des objets est multipliée. Il le met dans sa poche. Son père le cherche, Giacomo le glisse dans la poche de son frère François qui va se faire battre pour ce vol. J'ai eu la bêtise de raconter ensuite l'histoire à mon frère, dit Casanova, il ne m'a jamais pardonné et a saisi toutes les occasions de se venger.

En effet.

Là-dessus, comme par hasard, le père meurt. De même que, plus tard, le nouveau départ de sa mère fera pleurer son autre frère mais pas lui (qu'y a-t-il là de tragique?), Giacomo note les faits froidement. A-t-on remarqué que les individus hypersensibles ne sont pas sentimentaux? Et que les individus sentimentaux sont très peu sensibles? Le préjugé courant prétend le contraire. C'est le monde à l'envers.

La maladie hémorragique n'est pas terminée pour autant. «J'avais l'air insensé, dit Casa, la bouche toujours ouverte...» Les médecins se perdent en conjectures sur son mal (nous aussi), mais enfin on décide qu'il doit changer d'air. Baffo insiste dans ce sens, il l'accompagnera, avec Zanetta, la mère de Giacomo, et un abbé de la famille Grimani, à Padoue.

Ils partent en *burchiello*, «petite maison flottante». Giacomo, pour qui tout cela est nouveau, voit les arbres défiler sans bruit et en conclut que les arbres marchent. Sa mère soupire de sa bêtise, et lui dit que c'est la barque qui marche, pas les arbres. Giacomo comprend, et développe aussitôt sa réflexion : il est donc possible, dit-il à sa mère, que le soleil ne marche pas non plus et que ce soit nous qui roulions d'Occident en Orient. La mère crie qu'il est stupide, l'abbé déplore son imbécillité, mais Baffo, le poète libertin lubrique, l'embrasse tendrement :

« Tu as raison, mon enfant. Le soleil ne bouge pas, prends courage, raisonne toujours en conséquence, et laisse rire. »

La mère et l'abbé, d'un côté (l'obscurantisme). Le poète scandaleux, de l'autre (la raison). Je souligne ici le « mon enfant ».

Baffo, sans s'occuper des deux autres accompagnateurs, continue à parler à Giacomo. Il lui « ébauche une théorie faite pour sa raison pure et simple » :

« Ce fut le premier vrai plaisir que j'ai goûté dans ma vie. Sans M. Baffo, ce moment-là eût été suffisant pour avilir mon entendement : *la lâcheté de la crédulité s'y serait introduite*. La bêtise des deux autres aurait à coup sûr émoussé en moi le tranchant d'une faculté par laquelle je ne sais pas si je suis allé bien loin ; mais je sais que c'est à elle seule que je dois tout le bonheur dont je jouis quand je me trouve vis-à-vis de moi-même. »

Peu de gens *sentent* qu'ils sont, comme la terre, en train de tourner autour du soleil. Et très peu ont le front de penser qu'ils trouvent leur mère *bête*.

Giacomo Casanova était l'idiot de la famille. Il en sera le génie.

« Ceux auxquels l'âge donne, comme à un noble cru, une subtilité et une douceur croissantes, revivent aussi par la pensée leurs expériences amoureuses. »

Peut-être Nietzsche pensait-il à Casanova en écrivant cette phrase. On pourrait en citer beaucoup d'autres. Nietzsche aimait Stendhal, donc Casanova.

Ses expériences amoureuses, Casa les décrit souvent en termes alchimiques, avec la désinvolture et l'ironie en plus, bien entendu. Il est sur le point d'accomplir le Grand Œuvre, ou bien il est trop pressé, il échoue, il tombe malade, il doit recommencer ses manœuvres. La guerre d'amour (le faire, le dire) est comme un art royal, un art de musique.

Il n'y a finalement qu'un seul principe : *suivre le Dieu.*

73

Le Dieu, c'est ce qui apparaît, brille, fait signe. Casa est disponible dans ses désirs. Il a le pressentiment, le coup d'œil. Si ce n'est pas ici, ce sera là. Ou là. Il avance à travers des éclairs et des coups de foudre.

Les humains sont dans l'embarras par rapport à Dieu. Ils ne peuvent pas s'en passer, ils savent qu'il frappe où il veut malgré leurs calculs, ils en rêvent, mais ils l'affublent, le chargent de discours abstraits, de systèmes, l'accablent de reliques ou de sacrifices inutiles, le méconnaissent, là, devant eux, alors qu'il crève les yeux. On peut penser ici à la stupeur de Freud devant Charcot lui glissant à l'oreille, à la Salpêtrière, à Paris, que chez les hystériques c'est toujours la chose sexuelle qui est en cause. Sans doute, se dit Freud, mais pourquoi alors n'en parle-t-il jamais publiquement? Bien vu.

Prenez Bettine, par exemple, un amour du tout jeune Giacomo. Elle est intensément travaillée par la chose, mais on préfère la croire folle et possédée du démon. On n'arrête pas de l'exorciser sans succès, le diable est vraiment tenace. Les scènes sont pénibles, ridicules. Le jeune Giacomo, instruit par ses lectures et son tempérament, la plaint. Le clergé s'occupe du phénomène, il est fait pour ça (les clergés changent avec le temps, mais tiennent toujours le même rôle, qui consiste à parler à côté de l'évidence physique).

On destine Giacomo à la prêtrise (l'ascension sociale peut passer par là, il est pauvre). Mais qu'a-t-il de commun avec ce curé qui lui coupe les cheveux pendant son sommeil, censure un sermon qu'il doit faire parce qu'il cite Horace, ou plus tard, au séminaire, avec ce surveillant pointilleux, obsédé par les rencontres nocturnes entre garçons et les «manustuprations» qui s'ensuivent? Rien.

À Padoue, il a connu la vie libre des étudiants de l'époque, des «écoliers» au sens de Villon, joueurs, querelleurs, menteurs, tricheurs, et même parfois meurtriers. C'est sa deuxième initiation, après celle de la sorcière (la troisième, qu'on peut supposer plus sérieuse, étant celle de son affiliation à la franc-maçonnerie, à Lyon, en 1750, à l'âge de vingt-cinq ans). Ce qui compte d'abord pour lui, c'est de *sentir*, d'apprendre à lire dans «le fier livre de l'expérience». Non, il ne sera pas prêtre, sa sensation ne passe pas par là. Devenir avocat? Non plus, il a une «aversion invincible» pour l'étude des lois. On s'en doutait:

«La chicane ruine beaucoup plus de familles qu'elle n'en soutient, et ceux qui meurent tués

75

par les médecins sont beaucoup plus nombreux que ceux qui guérissent. Le résultat est que le monde serait beaucoup moins malheureux sans ces deux engeances. »

On croirait lire, non seulement Molière, mais, déjà, Antonin Artaud : « S'il n'y avait pas eu de médecins, il n'y aurait jamais eu de malades. »

Ce genre de déclaration paraîtra insensée à un lecteur du XXe siècle, surtout s'il est américain : ne vit-il pas constamment en fonction de son médecin et de son avocat ? Casanova, lui, est un hors-la-loi à sa manière, avec une éthique qui ne va pas sans casuistique : tromper est possible s'il s'agit d'un sot (c'est même un devoir). Il y a dans la ruse quelque chose de nécessaire :

« La fourberie est vice : mais la ruse honnête n'est autre chose que la prudence de l'esprit. C'est une vertu. Elle ressemble, il est vrai, à la friponnerie, mais il faut passer par là. Celui qui ne sait pas l'exercer est un sot. Cette prudence s'appelle en grec *cerdaleophron*. *Cerda* veut dire renard. »

Le clin d'œil, là, va à Ulysse l'avisé, l'homme aux mille tours (Casanova sera traducteur de l'*Iliade*). En latin, ce serait l'homme de la *sollertia* (du grec *holos* et du latin *sollus*, tout entier ; et *ars*, art). Bref, il faut être armé pour la défensive :

« Chacun, dans ce monde, tâche de faire ses affaires le mieux qu'il peut, et à faire des armes non pas avec dessein de tuer, mais pour empêcher qu'on le tue. »

Giacomo se sentait malgré tout une vocation « médicale » : il sera, le plus souvent, le médecin de lui-même, en résistant, parfois les armes à la main, à la précipitation inconsciemment meurtrière des médecins (ceux qui, par exemple, veulent lui couper la main après un duel en Pologne). Il a d'ailleurs vu sous ses yeux un médecin, par son incompétence distraite, tuer son père.

Ni prêtre, ni avocat, ni médecin. Mais alors, quoi ? Écrivain, c'est-à-dire mieux que les trois à la fois.

Le Dieu que l'on suit est un Dieu de désir. Passons donc sur le champ de bataille, c'est-à-dire au lit, et, si possible, avec deux filles. On plonge dans les états intermédiaires, entre veille et sommeil, pour déjouer la censure. Voici Marton et Nanette couchées avec lui. D'abord l'une (l'autre, par contamination et rivalité, aura plus d'audace) :

« Peu à peu, je l'ai développée, peu à peu elle se déploya, et peu à peu, par des mouvements suivis et très lents, mais merveilleusement d'après nature, elle se mit dans une position, dont elle n'aurait pu m'en offrir une autre qu'en se trahissant. J'ai entamé l'ouvrage… »

On étudie les situations et les occasions, on agit selon elles. Une « jolie fermière », en voiture, a peur de l'orage et de son mari tout proche ? Qu'à cela ne tienne, on la couvre d'un manteau, on l'assoit sur soi, le cocher fera semblant de ne rien voir :

« Elle me demande comment je pouvais défier la foudre avec une telle scélératesse, je lui réponds que la foudre est d'accord avec moi. »

Dieu n'aime pas la superstition. Les démonstrations, à ce sujet, peuvent être innombrables.

Dieu n'aime pas la superstition, mais il peut très bien se servir d'elle, et même du libertinage, pour arriver à ses fins. C'est ce que le chevalier de Seingalt, alias le mystérieux M. *Paralis*, prouvera amplement par la suite.

Casanova est un excellent conteur : c'est son arme. Ses interlocuteurs l'écoutent, ils sont surpris, séduits, entraînés. Vous le lisez, c'est pareil. À plusieurs reprises, il revient sur l'efficacité de ses récits sur ses auditeurs (son évasion des Plombs devenant un morceau de bravoure dispensé à travers l'Europe). Dire la vérité comme elle s'est passée (pas toute, évidemment, il faut épargner les oreilles chastes) est un moyen de s'imposer dans l'adversité. Surtout, bien entendu, si on a une figure agréable. On trouve des alliés, on plaît.

Il joue quelque temps au soldat, Giacomo. On l'a mis d'abord dans un fort, près de Venise. Il s'échappe, une nuit, pour aller en ville bâtonner un insulteur. Impossible de rien prouver : il a pris la précaution, dans la journée, de simuler une entorse et une colique. Une Grecque de passage lui a refilé une chaude-pisse ? Il fait attention de ne pas infecter ses partenaires, il guérit, il trouve une autre Grecque, très belle, avec laquelle il se caresse à travers un trou dans le plancher : «Nos plaisirs, quoique stériles, durèrent jusqu'à l'aube.» Une fois libéré, il va, il vient, il compte sur ce qui se présente. Et il se présente toujours *quelque chose*. «Je sens une odeur de femme», dit *Don Giovanni*, pendant que les prudes hypocrites se pincent le nez. Comble d'insolence, on le trouve même à Notre-Dame-de-Lorette, sanctuaire fameux (où Montaigne est venu faire ses dévotions) : «J'ai communié dans l'endroit même où la Sainte Vierge a accouché de notre créateur.»

Il a dix-huit ans.

Mais voici Rome, et ses coulisses ecclésiastiques. Les qualités pour survivre dans cette ville (sinon, «il faut aller en Angleterre») sont, selon lui, les suivantes. Il faut être : «caméléon, souple, insinuant, dissimulateur, impénétrable, complaisant, souvent bas, faux sincère». Il faut «faire toujours semblant de savoir moins que ce qu'on sait, n'avoir qu'un seul ton de voix, être patient, maître de sa physionomie, froid comme la glace même si on brûle, etc.». C'est du Machiavel et du Mazarin, en plus cynique, puisque la couleur sexuelle est là. «De toutes ces qualités, dit Casanova, je ne sais si je me vante ou si je me confesse... J'étais un étourdi intéressant, un assez beau cheval d'une bonne race, non dressé, ou mal, ce qui est encore pire.»

Donna Lucrezia, Lucrèce, est probablement sa première passion. Il commence l'embuscade en voiture, continue dans l'herbe où rampent des serpents, conclut dans un jardin sur un banc de gazon :

« L'un devant l'autre, debout, sérieux, ne nous entre-regardant qu'aux yeux, nous délacions, nous déboutonnions, nos cœurs palpitaient, et nos mains rapides s'empressaient à calmer notre impatience... Notre première lutte fit rire la belle Lucrèce, qui avoua que le génie, ayant le droit de briller partout, ne se trouvait déplacé nulle part. »

C'est très consciemment que Casanova emploie le prénom de Lucrèce (c'est le souvenir d'un viol, c'est un des plus beaux tableaux du Vénitien Titien).

L'amour de Lucrèce n'empêche pas de désirer une marquise, laquelle est la maîtresse d'un cardinal. Décidément, nous ne sommes pas dans un pays protestant : « Elle était jolie et puissante à Rome, mais je ne pouvais pas me déterminer à ramper. » Il tente un peu l'affaire sur une terrasse, mais sans succès. Cependant, la scène conduit au pape Benoît XIV (dont on oublie trop qu'il est le dédicataire du *Mahomet* de Voltaire), «homme savant, à bons mots, et fort aimable». Casa lui parle, et le charme :

«Je lui demandai la permission de lire tous les livres défendus, et il me la donna par une bénédiction, me disant qu'il me la ferait expédier par écrit gratis; mais il l'a oubliée.» (Nous avons donc le regret de ne pas pouvoir publier ici ce document explosif.)

Lucrèce a une sœur de dix-sept ans, Angélique. Elles couchent une nuit dans la même chambre, l'occasion est là :

«Je crois que je ne me suis jamais déshabillé plus rapidement. J'ai ouvert la porte, et je suis tombé entre les bras ouverts de Lucrèce, qui dit à sa sœur : *c'est mon ange, tais-toi et dors.*»

«Elle ne pouvait pas dire davantage, car nos bouches collées n'étaient plus ni l'organe de la parole, ni le canal de la respiration.»

Comme on l'a déjà compris, la séance se poursuivra au matin avec Angélique qui n'a plus qu'à *se retourner* (elle n'a pas dormi de la nuit). Et Lucrèce encourage sa sœur :

« Le feu de la nature rendit Angélique sourde à toute douleur : elle ne sentit que la joie de satisfaire à son ardent désir. »

Conclusion imperturbable de Lucrèce :

« J'ai porté la lumière dans l'esprit de ma sœur. Au lieu de me plaindre, elle doit actuellement m'approuver, elle doit t'aimer, et, étant sur mon départ, je te la laisse. »

Tel est le style *fleuri* de Casanova. Il sait aussi être sec. L'efficacité de son récit vient de la précision sexuelle, et de la métaphore qui voile (mais pas entièrement) la pornographie. Le lecteur est pris au piège, il doit fournir lui-même certains détails physiologiques. De deux choses l'une : ou bien il sait de quoi il est question (et il s'amuse), ou bien il n'en a qu'une très vague idée, et il est changé en lectrice (« vous pouvez tout raconter, mais pas un mot de trop »), et, comme telle, tenu en haleine. Nous sommes ici

85

aux antipodes de Sade. La répétition est la loi du genre, mais le code de Casanova n'est jamais criminel (c'est au contraire le plaisir qu'il procure qui l'intéresse). Il fait de la magie blanche, pas de la magie noire (la mort et la nécrophilie n'ont pas cours chez lui, c'est le contraire d'un «sataniste»). Par moments, on dirait la collection Harlequin subvertie par le détournement dans la description elle-même : art très subtil, qui table sur la persistance inéluctable des clichés amoureux.

Pour que la crudité et la violence «vieillissent» bien, il y faut du génie (celui de Sade ou de Céline). Casanova, lui, a un immense talent picaresque : autre forme du génie. Tout a l'air tranquille, mais dans la pièce d'à côté, sans que personne s'en doute, deux sœurs et un homme sont en train de «se porter la lumière». Que s'est-il passé ? *Cela.* La même chose que rien. Et pas rien, naturellement, mais l'essentiel, *comme si de rien n'était.*

Tout Casanova pourrait s'intituler ainsi : *Précis de clandestinité.*

«En conséquence de ces méditations, je me suis proposé un système de réserve tant dans ma

86

conduite que dans mes discours qui pût me faire croire propre à des affaires de conséquence, plus même de ce que j'aurais pu m'imaginer d'être. »

L'illusion est nécessaire, les apparences ont le droit de tromper. Une vérité nouvelle, toujours, s'y profile.

Exemple, ce jeune castrat magnifique aux yeux noirs, rencontré à Ancône : Bellino (quel nom !). Est-ce un garçon, comme il le prétend obstinément, ou n'est-ce pas plutôt une fille ? Casa nous dit qu'il *veut* que ce soit une fille, mais s'arrange pour que nous doutions de son vrai désir. L'épisode du travesti à démasquer va durer un certain temps, et c'est là que le savoir-faire romanesque du conteur éclate : il pose la question des questions, celle qui est à la source de toute curiosité (rebonjour Freud), et il diffère autant que possible la réponse. Là encore, le lecteur, la lectrice, doit se situer en fonction de ses propres incertitudes. De quel sexe est vraiment l'autre ? Et moi ?

Bellino a deux petites sœurs, Cécile et Marine. Une mère dévote les accompagne, que la Providence récompense d'autant mieux que Giacomo s'occupe d'elles, argent nocturne gagné avec plaisir. Cela dit, c'est Bellino qu'il veut, mais non s'en s'être assuré d'abord, à froid, de son sexe. Bellino lui promet de satisfaire sa curiosité mais remet toujours l'inspection au lendemain. Piment latéral : le garçon de l'auberge est un prostitué masculin qui se propose à Casa (lequel le repousse, évidemment, tout en faisant l'éloge de la tolérance italienne sur ce sujet, en comparaison de la répression anglaise de l'époque).

Le refus, les dérobades, les réticences, au lieu de décourager le libertin, l'excitent ; c'est connu. Tout est toujours si facile que l'obstacle, loin d'être dissuasif, agit comme aphrodisiaque (cela coûtera cher à Casa, plus tard, à Londres). Plus Bellino garde ses distances et plus le désir pour elle (ou lui ?) augmente. L'*Histoire*, ici, joue sur du velours.

Corsons encore l'aventure : voici la belle Grecque tripotée autrefois. Elle est maintenant dans un bateau, sur le port, femme d'un capitaine turc marchand (auquel elle a été vendue). Casa fait des emplettes avec Bellino qui ne se doute pas que ces deux-là se connaissent :

«Elle court à mon cou, et me serrant contre son sein elle me dit *voilà le moment de la Fortune.* N'ayant pas moins de courage qu'elle, je m'assieds, je me l'adapte, et, en moins d'une minute, je lui fais ce que son maître en cinq ans ne lui avait jamais fait.»

Tout cela devant Bellino, bien sûr, pendant que le mari est sorti cinq minutes. Il aurait fallu, dit Casanova, une minute de plus.

C'est quand même le bonheur. Voici le fond de philosophie (malheureusement très peu partagé) que formule, à ce moment-là, l'*Histoire* :

«Ceux qui disent que la vie n'est qu'un assemblage de malheurs veulent dire que la vie elle-même est un malheur. Si elle est un malheur, la mort donc est un bonheur. Ces gens-là n'écrivirent pas ayant une bonne santé, la bourse pleine d'or, et le contentement dans l'âme, venant d'avoir entre leurs bras des Cécile, et des Marine, et étant sûrs d'en avoir d'autres dans la suite. C'est une race de pessimistes qui ne peut avoir existé qu'entre des philosophes gueux et des théologiens fripons ou atrabilaires. Si le plaisir existe, et si on ne peut en jouir qu'en vie, la vie est donc un bonheur. Il y a d'ailleurs des malheurs; je dois le savoir. Mais l'existence même de ces malheurs prouve que la masse du bien est plus forte. Je me plais infiniment quand je me trouve dans une chambre obscure, et que je vois la lumière à travers une fenêtre vis-à-vis d'un immense horizon. »

Bellino, cet admirable garçon si jolie fille, se refuse toujours à une *perquisition*. Casanova est transformé, à son grand énervement, en policier importun. Pénis or not pénis? Telle est la question avec laquelle l'*Histoire* nous mène en bateau par une orchestration très consciente. On oublie, le plus souvent, cet art de la composition chez Casanova. On cherche les passages «érotiques», on en fait des morceaux choisis; on perquisitionne ses prétendues faiblesses ou ses maladies; on le dote d'un inconscient rétroactif qui correspond aux frustrations qu'il dévoile chez nous; on ne tient pas compte de ses démonstrations, de ses gradations; on évacue l'Histoire (la grande comme la petite) de l'*Histoire*. On fait comme si la société qu'il décrit n'était pas *aussi* celle de tous les temps. Comme si les femmes, par exemple, n'étaient pas toujours plus ou moins *détenues* et confinées dans l'ignorance de leur propre corps (à quelques exceptions près, toujours les mêmes). Après le corset de la religion, du mariage, de la reproduction hasardeuse, n'y a-t-il pas celui de l'obligation de beauté, du spectacle permanent, de l'assignation au contrôle génétique? L'obscurantisme change d'habits, pas de but : *contrôler.*

C'est une des raisons pour lesquelles, dans la confusion générale, Casanova a besoin de la Providence. Il ne s'en cache pas, tout en reconnaissant que sa conduite est pour le moins déréglée :

« Ceux qui adorent la Providence indépendamment de tout ne peuvent être que de bons esprits quoique coupables de transgression. »

Ainsi des voleurs eux-mêmes au temps d'Horace. Providence ou Fortune, peu importe le mot. Un coup de dés peut abolir le hasard. Ce qui est décisif, y compris avec soi-même, c'est la *rencontre.*

Giacomo, en palpant Bellino plus ou moins contre son gré, a senti quelque chose. Un relief indubitable. Un clitoris monstrueux ? Peut-être.

Il veut aller jusqu'au bout de son «éclaircissement incendiaire». Parti en voiture avec le castrat, il le conjure de lever enfin le voile (c'est souvent en voiture, dans le mouvement, que se passent les négociations, les digressions, les actions). Si Bellino est un homme, Casa dit qu'il laissera tomber. S'il est une fille, la nature se chargera du reste. Bellino, très finement, lui fait remarquer que rien n'est moins sûr, et qu'il peut, lui, Giacomo, basculer au contraire du côté qu'il semble réprouver de façon aussi catégorique, et devenir ainsi un homme aimant un autre homme.

La situation s'exacerbe, il faut en finir.

Eh bien, à la grande déception du prince de Ligne, ainsi que de X, Y ou Z, Bellino est en réalité Thérèse. Elle porte un postiche qu'un grand musicien castrat lui a appris à coller. Elle montre le truc à Casa, elle se donne à lui, il est au comble de la jouissance (on le comprend, après une aussi longue préparation). C'est d'ailleurs le moment où il précise, lui, le vieux narrateur de Dux, que «le plaisir visible que je donnais composait toujours les quatre cinquièmes du mien». Intéressante confidence.

Casanova, donc, *compose*, c'est un philosophe dont le boudoir est partout. En contrepoint, il n'arrête pas de nous dire quelles sont les forces négatives qu'il rencontre : la bêtise, le fanatisme. La bêtise, dit-il, est pire que la méchanceté. Cette dernière peut être punie et amendée, mais la bêtise, elle, vous coupe les bras et le souffle. Ainsi de sa femme de ménage qui vient de jeter un chapitre entier de son manuscrit parce qu'elle a vu des papiers *usagés* et raturés sur sa table. Elle n'a pas touché au papier blanc. Il doit tout recommencer.

Les gens sont-ils méchants parce qu'ils sont bêtes, ou bêtes parce qu'ils sont méchants ? On peut changer trois fois d'avis sur ce sujet dans une journée (après tout, sa femme de ménage était peut-être plus méchante que Casa ne le croyait).

L'écriture, d'ailleurs, est en elle-même dia-bolique. Quelqu'un qui écrit toute la journée fait de la magie, c'est sûr. Si vous ajoutez des caractères qu'on ne comprend pas, l'inquisition commence. Casa est sur un bateau, la tempête fait rage, un curé, sur le pont, exhorte les marins à prier et à se repentir de leurs péchés. Casa s'amuse à le contredire en disant que le phénomène n'a rien de démoniaque. Le curé, défié, le traite d'athée, l'équipage est superstitieux et veut bientôt jeter l'athée à la mer. Casa est obligé de se battre (il se bat ainsi de temps en temps, avec lucidité et courage). Après quoi le curé brûle un parchemin acheté par Giacomo à un Grec, et qui ne peut être qu'un grimoire infernal. La preuve : il se contorsionne dans les flammes.

« La prétendue vertu de ce parchemin était de rendre toutes les femmes amoureuses de celui qui le portait. J'espère que le lecteur aura la bonté de croire que je n'ajoutais pas foi aux philtres d'aucune espèce, et que je n'avais acheté le parchemin que pour rire. »

On voit ici que Casanova écrit pour un lecteur du futur dégagé de toute superstition. Existe-t-il aujourd'hui ? On en doute. Existera-t-il demain ? Rien n'est moins sûr. Il faudrait, pour cela, que cessent les limitations religieuses, dont on ne voit pas, pour l'instant, la fin (y compris chez les savants ou les rationalistes convaincus). Et de même que Proust découvre le sadisme et le snobisme du haut en bas de la société de son temps, de même Casa souligne la persistance des illusions chimériques dans toutes les couches sociales. Les uns croient au diable, les autres cherchent la pierre philosophale. La seule différence est dans l'utilisation plus ou moins modulée de la sexualité. Mais comme c'est bizarre : il s'agit d'une sexualité *qui ne se connaîtrait pas.*

À Corfou, voici un Turc très sage, Jossouf. Il pense quand même que l'islam est la meilleure religion et que le catholicisme vénitien, avec son pain et son vin, est une plaisanterie locale. Le Coran est plus universel, ça saute aux yeux, et pour convaincre ce voyageur égaré, Jossouf lui propose sa fortune et sa fille, à condition, bien sûr, qu'il apprenne l'arabe et qu'il se fasse musulman. Devenir riche, pourquoi pas, mais se marier et changer de religion n'entrent pas dans les projets de notre aventurier de passage.

Le voile, ou le tchador, non. La seule note lubrique de l'épisode est une séance de masturbation avec un complice, en regardant, à la dérobée, des jeunes filles nues en train de se baigner sous la lune.

Mais le voile est aussi intérieur. Mme F., par exemple, se refuse obstinément aux désirs de Giacomo. Le voilà aussitôt amoureux transi, troubadour, chérubin morose :

« L'amant qui ne sait pas prendre la fortune par les cheveux qu'elle porte est perdu. »

Plus il est désirant, plus il est puni, engrenage classique. Il est obligé de faire le malade pour obtenir un peu d'attention. Et ça marche : les femmes aiment bien soigner, c'est leur tendance. Mme F. lui abandonne donc sa bouche (et ici les clichés affluent : « nectar », « divinité », etc.). Casa, en frustré, devient presque assommant. Enfin, il y a quand même des caresses dans l'air, des doigts qui s'égarent. Puis stop. « Mon cher ami, nous allions nous perdre. » On suppose que le lecteur connaît ces péripéties du style effarouché.

Quand il est ainsi vulnérable, Casa, en général, succombe au charme vénéneux d'une courtisane. Il se fait donc infecter par une certaine Melulla. On dirait presque qu'il a cherché du microbe pour reprendre ses esprits. C'est fait. Eh bien, il ne sera pas non plus militaire. Retour donc à Venise, comme joueur de violon.

Voici le grand tournant.

Après une période de désordres divers, avec des amis aussi déréglés que lui (ils affolent la nuit les bourgeois de Venise), la chance fait signe. Son nom : Bragadin, un patricien quinquagénaire et célibataire. L'occasion : il a une attaque d'apoplexie en montant dans une gondole. Giacomo est là par hasard, il s'occupe de lui, le ramène dans son palais, empêche qu'on le soigne mal, s'invente médecin, se prend au jeu. La Fortune le guide.

« Me voilà devenu le médecin d'un des plus illustres membres du Sénat de Venise. »

Le quiproquo s'organise. Bragadin, avec ses deux amis, Dandolo et Barbaro, donne dans « les sciences abstraites », autrement dit la passion de l'ésotérisme. Ils sont pourtant tous les trois religieux, austères, ascétiques, très ennemis des femmes (on aurait pu le parier). Ce jeune Casanova vient de surgir comme un ange, il est sûrement plus savant qu'il n'en a l'air, peut-être même est-il mû par une force surnaturelle. Bragadin lui pose la question :

« Ce fut dans ce moment-là que pour ne pas choquer sa vanité lui disant qu'il se trompait, j'ai pris l'étrange expédient de lui faire, en présence de ses deux amis, la fausse et folle confidence que je possédais un calcul numérique par lequel, moyennant une question que j'écrivais et que je changeais en nombres, je recevais également en nombres une réponse qui m'instruisait de tout ce que je voulais savoir, et dont personne au monde n'aurait pu m'informer. M. de Bragadin dit que c'était la clavicule de Salomon. »

Et voilà. Casa déclare qu'il tient son « calcul numérique » d'un ermite espagnol, mais peu importe, les autres ne demandent déjà qu'à le croire, sa nouvelle vie de prestidigitateur inspiré commence. Sa « cabale », qui consiste à transformer rapidement les lettres en chiffres, et à inventer, presque à l'aveugle, un retour de chiffres en mots, est en réalité fondée sur un exercice intensif de la mémoire. Nous sommes ici au cœur du système nerveux de Casanova, dans son gymnase mental, son laboratoire des métamorphoses. Comme quoi la drague incessante et le jeu sont des préparatifs à l'activité psychologique de fond, à la pénétration médiumnique.

La Clavicule de Salomon est un livre de magie, enseignant la puissance sur les esprits de l'enfer et élémentaires (gnomes, ondins, sylphes, salamandres). Il a été imprimé en hébreu, puis en latin; il est mentionné par Goethe dans son *Faust*. Casa a lu d'autres livres, bien sûr, ils seront saisis chez lui plus tard lors de son arrestation. Il s'inspire notamment d'Agrippa de Nettensheim. Mais il a surtout compris que la demande de magie était générale, et qu'il y avait quelque chose en lui, une «force occulte», qui répondait à la demande. Il a des inspirations subites, des mouvements d'intuition inexplicables, il se sent aimanté (et pour cause). On comprend aussi pourquoi, en «laïcisant» ses opérations numériques, il s'intéressera non seulement au jeu restreint mais aussi à son extension publique, le loto, la loterie, les combinaisons de toutes sortes. C'est un structuraliste avant la lettre, Casa. Il a ainsi conçu un projet international très audacieux de «loterie grammaticale», susceptible d'être à la fois une source de revenus étatiques (quel État n'a pas besoin d'argent?) et d'échanges bancaires, mais aussi une sorte d'«école» développant les aptitudes démocratiques à l'écriture et à la lecture.

Prophétique Casanova : ne voyons-nous pas, constamment, aujourd'hui, des séances télévisées populaires avec chiffres, lettres, orthographe, roue de la fortune, questions pour dictionnaires, tourbillons de culture ?

Là encore, pouvoir de l'écriture. Casa est en relation avec un génie, un démon ou un ange (son nom est *Paralis* : paradis, lire, lys), qui se manifeste dans l'écrit lui-même. Vous êtes écrit sans le savoir, c'est écrit, ça s'écrit, les esprits s'expriment en nombres, mais on peut les traduire en oracles, et même en vers. Les patriciens sont sous le choc. Comme toute question, bien considérée, est déjà une réponse, il suffit d'organiser la perspective (la forme de la pyramide n'est pas là par hasard). Des vérités inouïes, et insoupçonnées du magicien lui-même, pleuvent. Casa l'avoue : il répond à peu près n'importe quoi, et pourtant, le truc est là, pas du tout n'importe quoi.

Ce Casanova est un trésor vivant. Il devient le « fils » de Bragadin, le Hiérophante du palais, pensionné, logé, nourri et blanchi. Joueur de violon sans avenir, il est maintenant seigneur.

Giacomo est très conscient de son escroquerie, mais le plus étonnant est qu'il la décrit, ce qu'aucun charlatan n'a jamais fait et ne fera par la suite. Il s'en explique avec naturel :

« J'ai pris le parti le plus beau et le plus noble, le seul naturel. Celui de me mettre en état de ne plus manquer de mon nécessaire. »

Autrement dit : je suis pauvre, j'ai un don, je l'exploite pour vivre à ma guise, j'aurais pu, comme bien d'autres, faire pire et ruiner mes protecteurs. Ou bien, plus subtilement : l'humanité croit et croira toujours à la poudre de perlimpinpin, et les plus dangereux charlatans sont peut-être ceux qui vous disent qu'elle peut s'affranchir de cette drogue. La poudre change de formes, le perlimpinpin, non. Le philosophe doit le savoir et passer outre. Qui a dit que les Lumières étaient optimistes ? C'est ne pas avoir lu Voltaire, ou vouloir propager sa falsification par Homais.

Les patriciens sont contradictoires ? Sages et pourtant crédules ? Rien de surprenant dans ce constat. Tout le monde va pourtant s'étonner (sauf Casa) de cette association contre nature :

« Eux tout ciel, moi tout monde ; eux très sévères dans leurs mœurs, moi adonné au plus grand libertinage. »

Enfin la belle vie.

Portrait de l'artiste et du joueur par lui-même :

« Assez riche, pourvu par la nature d'un extérieur imposant, joueur déterminé, panier percé, grand parleur toujours tranchant, point modeste, intrépide, courant les jolies femmes, supplantant des rivaux, ne connaissant pour bonne compagnie que celle qui m'amusait, je ne pouvais être que haï. »

Objectivité.

« Ce qui me forçait à jouer était un sentiment d'avarice ; j'aimais la dépense, et je la regrettais quand ce n'était pas le jeu qui m'avait fourni l'argent pour la faire. Il me semblait que l'argent gagné au jeu ne m'avait rien coûté. »

Lucidité, franchise.

102

« On s'étonne qu'il y ait des scélérats dévots qui se recommandent à leurs saints et qui les remercient après s'être trouvés heureux de leur scélératesse. On a tort. C'est un sentiment qui ne peut être que bon, car il fait la guerre à l'athéisme. »

Insolence, humour.

Casa nous dit que, dans sa jeunesse, le vieux Bragadin « a fait des folies pour les femmes qui en ont fait aussi pour lui ». Il a aussi « beaucoup joué et perdu ». Il est « beau, savant, facétieux, et du caractère le plus doux ». C'est donc le père idéal pour ce fils adoptif de vingt et un ans. Il n'empêche : dans la vie courante, ce père protecteur raisonne avec « un bizarre mélange de politique mondaine et de fausse métaphysique ». Enfin, ne nous plaignons pas : il aime son Casa, il lui pardonne tout, il ferme les yeux, il paye ses dettes de jeu. Le fils, lui, poursuit ses aventures, sa passion prédominante restant la jeune débutante. En voici une, justement, Christine, aidée, éclairée, séduite, et ensuite, mariée par son séducteur à un autre. Casa aime bien les arrangements à l'amiable. Tout le monde est content, la comédie continue.

Pourtant, Giacomo exagère (il s'ennuie vite). Par exemple, pour se venger de quelqu'un, il coupe le bras d'un mort, le met la nuit entre les bras du dormeur qui en meurt de peur. Le cas est délicat, on murmure. Il vaut mieux aller faire un tour ailleurs.

« Suivre le Dieu » oblige à bien des détours. Une bouffonnerie est possible ? On y va. Ici, on trafique une pseudo-relique, le couteau rouillé avec lequel saint Pierre aurait coupé l'oreille d'un des serviteurs du grand prêtre, il suffira de lui fabriquer une gaine d'époque et l'objet produira son effet. Là, un paysan cherche un trésor ancien enfoui dans sa propriété. Qu'à cela ne tienne, on va le lui retrouver par un tour de magie, d'autant plus qu'il a une jolie fille au charmant prénom : Javotte. On lui fera prendre un bain sous prétexte de purification rituelle. Après quoi, grand jeu : cercle par terre, conjuration des esprits, abracadabra, orage, foudre, etc. (La foudre frappe, en effet, et c'est un des rares moments où Casa reconnaît qu'il a peur.)

Tout cela est idiot, et ne vaut pas l'amour. L'amour, donc, se présente. Et l'amour, comme on pouvait s'y attendre, est français (et même provençal). S'agit-il d'un homme? On dirait. Mais non, on vous a encore eus, voici une «tête échevelée et riante», une femme d'*esprit*. Belle, aussi, et, en plus, d'excellente famille. Qu'est-ce qu'elle fait donc sur les routes travestie en joueur professionnel, en compagnie d'un vieil officier?

Giacomo flambe, il rêve d'elle en croyant ne pas rêver, il est «amoureux à la perdition». On a reconnu Henriette, personnage bien réel et énigmatique, qui a fasciné les casanovistes.

«Quelle nuit! Quelle femme que cette Henriette que j'ai tant aimée! Qui m'a rendu si heureux!»

Ici, autocensure. Pudeur. Aucune précision physique. Il est en plongée, Casa, il est subjugué. Le magicien est magifié. Le *Sequere Deum* vient de trouver son égal dans la devise virgilienne d'Henriette et de sa famille: *Fata viam invenient*, le destin sait nous guider.

La différence de classe sociale joue à plein, mais surtout la culture et l'intelligence d'Henriette, aristocrate devenue aventurière d'une saison, mais qui va retrouver bientôt son rang et ses convenances. Quand ils s'installent tous les deux à Parme, Casa s'inscrit sous le nom de sa mère, Farussi, et cela se passe de commentaire. Henriette n'avait que des habits d'homme : il l'habille luxueusement en femme, et la considère comme sa femme. Parme, à ce moment-là, attend l'arrivée de l'épouse du duc infant Philippe, Louise-Élisabeth, fille aînée de Louis XV, Madame de France. La ville est pleine de Français, d'Espagnols. Le climat est à l'ivresse française :

«Ceux qui croient qu'une femme ne suffit pas à rendre un homme également heureux dans toutes les vingt-quatre heures d'un jour n'ont jamais connu une Henriette.»

Ils parlent, ils rient, ils s'amusent. Henriette philosophe sur la perfection du bonheur : «L'homme ne peut être heureux que quand il se reconnaît pour tel, et il ne peut se reconnaître que dans le calme.» Une femme qui fait l'apologie du *calme* : le rêve. Ordre, beauté, luxe, calme, volupté. Et Casa de s'écrier : «Heureux les amants dont l'esprit peut remplacer les sens quand ils ont besoin de repos ! » Le conseil vaut pour tous les temps, mais sa réalisation est rare.

L'ensemble (pudeur, gaieté, légèreté) semble nouveau pour Giacomo, et trouve son point culminant quand, un soir, Henriette, à l'improviste, montre qu'elle peut jouer en virtuose du violoncelle. Une femme au violoncelle, voilà ce que le couvent interdisait, à cause de l'indécence des mouvements. Là, c'est trop beau. Il est bouleversé en l'entendant, il se précipite dans un jardin, il pleure. L'amour médecin est aussi l'amour musicien. On oublie souvent que l'*amour libre* (formidable expression) est aussi le titre d'un morceau de musique française.

Henriette doit rentrer chez elle. Giacomo l'accompagne jusqu'à Genève. C'est l'adieu sentimental, avec une lettre, étrangement détachée, où elle lui demande de ne plus chercher à la revoir. Il y a aussi l'inscription célèbre, tracée au diamant sur une vitre : « Tu oublieras aussi Henriette. » Non, il n'oubliera pas, et elle non plus (elle veillera sur lui de loin). Pourtant le voilà bel et bien *quitté*, d'où dépression, nouvelle maladie vénérienne, et même bref accès de conversion dévote. Conclusion de l'écrivain de Dux, en cours de récit :

« Je trouve que ma vie a été plus heureuse que malheureuse, et après en avoir remercié Dieu, cause de toutes les causes, et souverain directeur, on ne sait comment, de toutes les combinaisons, je me félicite. »

Le Dieu de Casanova est le suivant : on le remercie, et puis on se félicite.

La vérole se soigne au mercure ; la dévotion par l'ironie.

Henriette était la messagère de la France, un personnage à *La Chartreuse de Parme* (Stendhal publie son roman en 1839, soit quarante et un ans après la mort de Casanova). Le visa complet pour la France (enfin) passe d'abord par Lyon, et la franc-maçonnerie :

« Il n'y a point d'homme au monde qui parvienne à savoir tout ; mais tout homme doit aspirer à tout savoir. »

On peut constater les résultats de cette affiliation dans les rencontres ultérieures de Casa, même si beaucoup d'intrigues restent obscures. Pour la duchesse de Chartres avec laquelle il *cabalisera*, pas de doute. Pour l'instant, nous sommes dans la découverte du Paris de Louis XV (lequel « était grand en tout, et n'aurait eu aucun défaut si la flatterie ne l'avait forcé à en avoir »). Giacomo, quand il écrit ces lignes, ne veut pas dire qu'il est monarchiste, en réalité il n'est rien. Sa position, à la fin de sa vie, dégoûté qu'il est des excès de la Terreur, est de se demander si le despotisme, parfois éclairé, d'un roi, n'est pas préférable à un despotisme populaire coupeur de têtes (la question reste ouverte). Mais le moment pour lui, à Paris (il a vingt-cinq ans), est celui de l'Opéra, des coulisses, des bordels (celui, excellent, de l'hôtel du Roule, par exemple). Le roi prétendument Bien-Aimé donne le ton avec son Parc-aux-Cerfs qui fait encore fantasmer le cinéma mondial. On s'échange des petites filles de treize ans, ce qui ferait hurler aujourd'hui à la pédophilie criminelle. La jeune O-Morphi est-elle le modèle célèbre de Boucher ? En tout cas, entretenue par le roi, elle accouchera bientôt d'un bâtard.

Ce premier séjour de Casa à Paris semble pourtant rester marginal. La duchesse de Chartres, libertine et ésotérique, le consulte et se fait soigner par lui (elle a des pustules vénériennes sur le visage, mais elle ne veut pas suivre un régime). Casa l'impressionne avec ses pyramides et son ange, et la manipule avec doigté. En interrogeant son Oracle, la duchesse, dit-il, « trouvait des vérités que je ne savais pas de savoir ».

Bon. Il faut de nouveau lever le camp, vers Dresde (professionnelles expérimentées, mais froides), puis Vienne.

« Tout à Vienne était beau, il y avait beaucoup d'argent et beaucoup de luxe ; mais une grande gêne pour ceux qui étaient dévoués à Vénus. »

Qui donc est ici en guerre contre Vénus ? Un homme ? Non, une femme. L'impératrice Marie-Thérèse pousse le délire répressif jusqu'à créer une police spéciale comportant des « commissaires de chasteté » (sic). Elle fait déporter les prostituées, les femmes adultères, et même les filles non accompagnées dans les rues (ou alors il faut qu'elles aient un chapelet à la main pour prouver qu'elles vont à la messe). On envoie les rafles dans un endroit malsain, Temisvar, l'actuel Timisoara en Roumanie (de mémoire récente et sinistre). Le jeu se répand par compensation, mais sera aussi l'objet de sanctions de la part de la Reine de la Nuit.

C'est à Vienne que Giacomo a sa première explication sérieuse avec la mort. Il a une indigestion, il va très mal, un médecin veut absolument le saigner, il sent que cette intervention va lui être fatale, il refuse. Le médecin insiste et s'apprête à le piquer de force. Casa a juste l'énergie de saisir un de ses pistolets sur sa table de nuit et de lui tirer dessus. Il guérit en buvant de l'eau, et note :

« Je suis allé à l'Opéra, et beaucoup de personnes voulaient me connaître. On me regardait comme un homme qui s'était défendu de la mort en lui lâchant un coup de pistolet. »

Répression sexuelle et médecins meurtriers ? Encore une fois l'*Histoire de ma vie* compose. La philosophie se prouve par le récit. Et le récit est l'existence elle-même.

Cependant, la nouvelle arrive : son désordre est oublié, il peut rentrer à Venise. Il arrive chez lui :

« Il me tardait de reprendre mes anciennes habitudes, mais plus méthodiquement, et avec plus de réserve. J'ai vu avec plaisir, dans le cabinet où je dormais et écrivais, mes papiers voilés par la poussière, marque sûre que personne depuis trois ans n'était entré là-dedans. »

« La poussière est mon amie », disait Picasso.

On voit notre aventurier, le cœur un peu battant, ouvrir sa porte, regarder son lit, sa table de travail, ses cahiers, et vérifier, du bout des doigts, la poussière. Voilà ce que le Spectacle veut éviter à tout prix : la représentation d'un Casanova jeune, courageux, libre, *émouvant.*

Elle a quatorze ans, nous savons aujourd'hui qu'elle s'appelait Cattarina Capretta. Elle passe en voiture sur une route près de Casa, la voiture verse, il se précipite, la relève dans sa culbute, et aperçoit un instant sous ses jupes « toutes ses merveilles secrètes » (phrase, on s'en souvient, censurée par le professeur Laforgue).

C'est la fameuse C. C. qui va, avec la non moins fameuse M. M. (Marina Maria Morosini), être une des vedettes de ce grand opéra qu'est l'*Histoire*.

Notons au passage que l'identité de M. M. a fait l'objet de maintes recherches passionnées de la part des casanovistes, et qu'elle n'a été établie (cette coïncidence de date m'enchante) qu'en... 1968.

M. M. et C. C. vont être bientôt ensemble au couvent de XXX. Il a choisi d'écrire ces noms par ces lettres. Faisons un peu de cabale, comme lui :

M.M.C.C.X.X.X.

L'*Histoire de ma vie* ne sera peut-être lisible, à découvert, qu'en 2230.

On n'oublie pas que Stendhal espérait être lu vers 1936.

C. C. a un frère très douteux, P. C., qui voit tout de suite le parti qu'il peut tirer d'un amateur de merveilles secrètes (Giacomo a vingt-huit ans, il est en âge de se marier). Il veut donc vendre sa sœur à ce prétendant. Assez niaisement, il essaie de la pousser, par l'exemple, à la débauche. Casa, pris pour un débutant, est furieux et réagit en défenseur de l'innocence. Son amour commençant pour C. C. devient alors «invincible».

Il emmène sa charmante petite amie dans le jardin d'une île à l'est de la Giudecca. Ils courent ensemble dans l'herbe, ils font une compétition de vitesse avec gages de petites caresses, rien de grave, c'est une enfant :

«Plus je la découvrais innocente, moins je pouvais me déterminer à m'emparer d'elle.»

Se marier? Après tout, pourquoi pas? Mais marions-nous alors devant Dieu, ce voyeur insatiable. Ce sera le piment de la scène. Ils reviennent donc dans une auberge de l'île, nous sommes le lundi de la Pentecôte. Au lit :

« Extasié par une admiration qui m'excédait, je dévorais par des baisers de feu tout ce que je voyais, courant d'un endroit à l'autre et ne pouvant m'arrêter nulle part, possédé comme j'étais par la cupidité d'être partout, me plaignant que ma bouche devait aller moins rapidement que mes yeux. »

Giacomo, ici, nous jette dix clichés à la figure, mais des clichés très étudiés puisqu'ils doivent le décrire comme un animal vorace et un prédateur (et on voit à quel point la thèse classique d'un Casanova simple « jouet » du désir féminin est fausse, quoique très intéressée à se maintenir).

Soyons sérieux : il s'agit de dépucelage, question qui choque beaucoup les mères (même féministes) et rend les hommes hésitants, voire convulsivement jaloux :

« C. C. devint ma femme en héroïne, comme toute fille amoureuse doit le devenir, car le plaisir et l'accomplissement du désir rendent délicieuse jusqu'à la douleur. J'ai passé deux heures entières sans me séparer d'elle. Ses continuelles pâmoisons me rendaient immortel. »

Nous avons bien lu : pas de « petite mort », mais bel et bien une sensation d'immortalité. Décidément, Dieu est de la partie. Un dieu grec, sans doute, ce ne serait pas étonnant. Au même moment, à Venise, a lieu la cérémonie solennelle où le doge, sur le Bucentaure, s'en va au large épouser la mer (exercice périlleux, il ne faut pas que le temps se gâte).

Cependant, plus tard : « Étant restés comme morts, nous nous endormîmes. »

Et le lendemain : « Rien n'était plus indiscret que les yeux de mon ange. Cernés au point qu'elle paraissait avoir reçu des coups. La pauvre enfant venait de soutenir un combat qui l'avait positivement rendue autre. »

Voilà donc Giacomo « marié » (devant Dieu seulement, dieu merci). Bien entendu, la débutante va tout de suite aux extrémités, et veut être enceinte (elle le sera, mais pas pour longtemps). Ils sont en effet parvenus ensemble, dans la suite de leur séance, à « l'accord de cette mort source de vie » (formule philosophique). Le frère maquereau flaire de plus en plus la bonne affaire, emprunte de l'argent à Casa, mais se retrouve en prison pour dettes. Giacomo, sérieux comme un pape, demande à son protecteur Bragadin de s'entremettre pour son mariage réel. Heureusement, le père de C. C. se fâche et envoie sa fille de quatorze ans attendre un âge décent au couvent de Sainte-Marie-des-Anges.

Casa est interrompu en pleine idylle. Tant mieux, puisqu'un autre roman commence, dont le titre pourrait être *Les Anges de Murano*. Il s'agit d'un des passages les plus fameux de l'*Histoire*, laquelle comporte ainsi au moins vingt romans excellents, et une centaine de nouvelles, toutes plus réussies les unes que les autres.

Changement de décor. On ne se voit plus, on s'écrit des lettres clandestines, acheminées par des porteuses spéciales. On est au désespoir, on rêve d'un enlèvement, mais c'est difficile. Le temps prend une autre dimension, puisque au couvent la surveillance «mesure le temps *au poids de l'or*». Cela n'empêche pas quelques aménagements :

«Elle me rendit compte, d'un style très plaisant, que la plus belle de toutes les religieuses du couvent l'aimait à la folie, qu'elle lui donnait deux fois par jour des leçons en langue française, et qu'elle lui avait défendu de lier connaissance avec les autres pensionnaires... Elle me disait qu'elle lui donnait, quand elles étaient seules, des baisers dont j'aurais raison d'être jaloux, si elle était d'un différent sexe. »

Le lecteur connaît Diderot, et peut-être Sade. Il va déjà à la conclusion, mais il aura tort. C'est dans cette histoire que Casanova se montre le plus inventif, le plus ambigu. Dans ce qui s'annonce, nous ne saurons jamais exactement s'il maîtrise les règles du jeu ou non. Les deux, sans doute.

Il fallait s'y attendre : C. C. fait une fausse couche (à moins qu'il s'agisse d'un avortement). Dans un couvent de l'époque, même aménagé, l'incident n'est pas mince. Casa, désormais, ne reçoit plus comme messages que les conséquences de l'hémorragie de sa petite maîtresse, de sa «femme» qui le considère toujours comme son «mari». On lui livre, drôles de cadeaux, des paquets de linges souillés de sang (le sang : son thème de départ dans l'existence). Une entremetteuse lui amène tout ça chez lui :

«J'ai frissonné quand cette bonne femme me montra, mêlée au sang, une petite masse informe. »

118

Giacomo a été lui-même, enfant, cette masse informe, sanguinolente, stupide. Il a, depuis, ce qu'on pourrait appeler un corps-frontière, toujours très attentif à ses excrétions et à sa fragilité d'enveloppe. Il ne jouirait pas autant, d'ailleurs, s'il en allait autrement. Le jeu, le libertinage, l'écriture sont les appareils de cette porosité instable.

Pour se faire voir de son amour, qui a failli mourir, Giacomo va maintenant à la messe du couvent de la chapelle des Anges. Ce qu'il perçoit, lui, au-dessus de l'autel est une Annonciation avec une Vierge les bras ouverts. Par sa fréquentation de l'office, il devient bientôt «l'énigme de tout le couvent». Les religieuses font semblant de ne rien regarder mais voient tout. Elles sont très curieuses. Casa, en ville, même s'il gagne au jeu, maigrit et s'ennuie.

D'où l'installation de son casino (*casin*), près de la place Saint-Marc, studio dans le goût des patriciens discrets ou des débauchés de l'époque. Baffo nous a décrit ce genre de «petites maisons» (comme on disait à Paris) où, dès l'entrée, on sent des odeurs de citron, d'orange, de rose, de violette, et où les murs sont tapissés de peintures lascives. Casanova dans son casino, la langue s'amuse : Casinovo.

À lui d'être dragué, maintenant, et carrément.

À la sortie de la messe du couvent, par lettre, une religieuse lui propose un rendez-vous. Soit il vient la voir au parloir, soit dans un « casino » de Murano. Elle peut aussi se rendre le soir à Venise.

M. M., encore anonymement, vient d'entrer en scène. Bien entendu, c'est « la plus jolie des religieuses », celle qui apprend le français à C. C. Celle-ci a-t-elle été indiscrète ? Giacomo ne veut pas le croire, et c'est son aveuglement possible qui va faire, à partir de là, l'intérêt du récit.

Il répond à la lettre, il choisit le parloir par peur de « l'attrape » : « Je suis vénitien, et libre dans toute la signification de ce mot. »

Casa a été élu sur sa seule apparence physique (du moins si C. C. n'a pas parlé : ce qui nous apparaît, à nous lecteurs, fort douteux). On ne l'étonne pas facilement, mais quand même : « J'étais très surpris de la grande liberté de ces saintes vierges qui pouvaient violer si facilement leur clôture. » Si elles peuvent mentir à ce point, on ne voit pas pourquoi elles ne lui mentiraient pas à lui, selon la loi inébranlable de la guerre des sexes. On imagine très bien M. M. confessant la petite C. C., surtout après l'épisode des linges sanglants. Tout cela sur fond d'apprentissage de la *langue française*. La suite du roman conforte cette hypothèse.

M. M. se montre au parloir. Elle est belle, plutôt grande, «blanche pliant au pâle», «l'air noble, décidé, en même temps réservé et timide», «physionomie douce et riante», etc. On ne voit pas ses cheveux pour l'instant (ils sont châtains). Elle a de grands yeux bleus (C. C., elle, est blonde aux yeux noirs).

Ses mains, surtout, sont frappantes, et ses avant-bras, «où on ne voyait pas de veines et, au lieu des muscles, que des fossettes».

Elle a vingt-deux ans. Elle est *potelée*.

Il revient, elle ne vient pas. Il est humilié, ferré. Il décide de renoncer :

«La figure de M. M. m'avait laissé une impression qui ne pouvait être effacée que par le plus grand et le plus puissant des êtres abstraits. Par le temps.»

Allons, allons, la correspondance clandestine reprend, tout s'arrange. Ici apparaît, dans le discours, le personnage dont nous connaîtrons bientôt l'identité : l'amant de M. M. Elle a donc déjà un amant ?

« Oui, riche. Il sera charmé de me voir tendre et heureuse avec un amant comme vous. C'est dans son caractère. »

Loin d'être découragé, Giacomo s'enflamme de plus belle : « Il me semblait n'avoir jamais été plus heureux en amour. » Pauvre petite C. C. ! Avoir un « mari » si volage ! Mais attendons, elle va revenir quand l'opéra en cours le voudra.

Casa raisonne froidement : l'être humain, en tant qu'il est animal, a trois passions essentielles, qui sont la nourriture, l'appétence au coït assurant, avec prime de plaisir, la reproduction de l'espèce, et la haine poussant à détruire l'ennemi. L'animal est profondément *conservateur*. Une fois doué de raison, il peut se permettre des variations. Il devient friand, voluptueux, et plus déterminé à la cruauté :

« Nous souffrons la faim pour mieux savourer les ragoûts, nous différons la jouissance de l'amour pour la rendre plus vive, et nous suspendons une vengeance pour la rendre plus meurtrière. »

122

Notre aventurier est en train de parfaire son éducation.

Les religieuses vénitiennes, à l'époque, sont un vivier célèbre de galanterie. Un grand nombre de filles, pas religieuses du tout, sont là «en attente». Surveillées, elles peuvent sortir la nuit en douce, si elles ont de l'argent et des relations. Le masque est nécessaire. Il faut rentrer très tôt le matin, avec des complicités. Les gondoliers savent cela, les Inquisiteurs d'État aussi. Il s'agit de moduler les écarts, pas de scandales, pas de vagues. Quand le nonce du pape arrive à Venise, par exemple, trois couvents sont en compétition pour lui fournir une maîtresse. Il y a du renseignement dans l'air, cela crée de l'émulation. On prend une religieuse comme on prend une courtisane de haut vol, une geisha de luxe. Les diplomates sont intéressés, et c'est le cas de l'amant de M. M., puisqu'il s'agit de l'ambassadeur de France, l'abbé de Bernis.

Bernis est un libertin lettré (il apparaît dans la *Juliette* de Sade). C'est aussi un poète mineur bien qu'ecclésiastique (ou parce que). Il est plutôt beau, son surnom est «Belle-Babet». Voltaire l'appelle *Babet-la-bouquetière*.

Voltaire (*Mémoires*) :

« C'était alors le privilège de la poésie de gouverner des États. Il y avait un autre poète à Paris, homme de condition, fort pauvre mais très aimable, en un mot l'abbé de Bernis, depuis cardinal. Il avait débuté par faire des vers contre moi, et était ensuite devenu mon ami, ce qui ne lui servait à rien, mais il était devenu celui de Mme de Pompadour, et cela lui fut plus utile. »

Tel est l'amant de M. M., qui ne sera pas fâché si elle prend Casanova pour amant. Bernis va être bientôt célèbre dans toute l'Europe par le traité qu'il va signer avec l'Autriche, lequel vise directement Frédéric de Prusse. C'est une forme de vengeance, puisque Frédéric, comme le rappelle méchamment Voltaire, avait écrit ce vers :

« Évitez de Bernis la stérile abondance. »

Mme de Pompadour, on le sait, interviendra directement dans la signature du traité. Son ombre est donc là, quelque part « là-haut », à Venise. On comprend que Casanova soit échauffé par un tel plafond.

M. M. invite donc Casa à dîner dans le casino-studio aménagé par Bernis à Murano. Cette première fois, ils ne font que flirter : «Je n'ai pu qu'avaler continuellement sa salive mêlée à la mienne.»

La fois suivante sera beaucoup plus pénétrante. Giacomo est quand même un peu étonné de voir que l'endroit est rempli de livres antireligieux et érotiques. La belle religieuse ardente est d'ailleurs philosophe :

«Je n'ai commencé à aimer Dieu que depuis que je me suis désabusée de l'idée que la religion m'en avait donnée.»

Ce disque étant désormais usé, on se demande quelle pourrait être aujourd'hui la déclaration d'un tempérament vraiment libertin. Peut-être celle-ci : «Je n'ai commencé à aimer ma jouissance que lorsque je me suis désabusé de l'idée que la marchandise sentimentale ou pornographique m'en avait donnée. Il n'est pas facile d'échapper à ce nouvel opium. Le vice positif demande beaucoup de discrétion, de raffinement, de goût. Venez demain soir et nous nous moquerons de la laideur générale, de la mafia, du fric, du cinéma, des médias, de la prétendue sexualité, de l'insémination artificielle, du clonage, de l'euthanasie, de Clinton, de Monica, du Viagra, des intégristes, barbus ou non, des sectes et des pseudo-philosophes. »

Chaque moment historique a ses transgressions. Une religieuse libertine n'est guère envisageable de nos jours (mais sait-on jamais). Au milieu du XVIIIᵉ siècle, en revanche, moment de gloire du catholicisme, *donc* des Lumières (tout est dans la compréhension de ce *donc*), cette contradiction apparente peut se donner libre cours. M. M. propose bientôt à Casanova de se laisser voir en action avec elle par son prélat-ambassadeur dissimulé dans un cabinet invisible. Il doit jouer son rôle naturel. Tous deux sont d'excellents acteurs. À tel point qu'à un moment donné Giacomo *saigne*. On apprend plus tard que le futur cardinal de Bernis a été très content d'avoir eu, pour lui seul, sa projection privée de cinéma porno *live*.

La suite du programme ne se fait pas attendre. C. C., cette petite merveille de quatorze ans, a bel et bien été « initiée aux mystères de Sapho » (ceux-là mêmes qui obséderont le narrateur de la *Recherche du temps perdu*). M. M. l'a également introduite à la «grande métaphysique», et elle est devenue *esprit fort*. Quant à M. M., elle n'hésite pas, maintenant, comme par défi, à venir masquée, le soir, à Venise et à se montrer avec Casa à l'Opéra et dans les salles de jeu. On est d'ailleurs en plein carnaval, le temps s'accélère :

«J'ai passé deux heures jouant à toutes les petites banques, courant de l'une à l'autre, gagnant, perdant, et faisant des folies dans toute la liberté de mon corps et de mon âme, sûr de n'être connu de personne, jouissant du présent et méprisant le temps futur et tous ceux qui s'amusent à maintenir leur raison dans le triste emploi de le prévoir. »

Difficile d'être moins protestant. Giacomo fait ainsi le fou, déguisé en Pierrot, mais il va recevoir une leçon de libertinage.

En principe, il a rendez-vous dans la nuit avec M. M. Or C. C., habillée en religieuse, est là à sa place. Pierrot est pétrifié. Il pleure un peu. Bernis et M. M. assistent bien entendu, en voyeurs cachés, à la scène. C. C. le raisonne, lui explique que tout cela n'est pas grave, qu'elles l'aiment toutes les deux et que cette plaisanterie est en réalité un cadeau-surprise. On croyait lui faire plaisir, voilà.

Elle le prépare ainsi, habilement, pour les scènes suivantes.

On ne s'étonne plus. Casa laisse aller, se réconcilie avec M. M. qui s'invite à dîner chez lui avec Bernis à visage découvert. Bonne soirée, excellents plats, on parle de choses et d'autres. Pourquoi d'ailleurs ne pas souper à quatre, M. M., C. C., Bernis et Casanova ? Rendez-vous est pris, Bernis se décommande au dernier moment, nous avons droit enfin au tableau majeur : Casa et ses deux maîtresses :

« Je leur fais compliment sur leur inclination mutuelle, et je les vois charmées de ne pas se trouver dans le cas d'en rougir. »

Ils feuillettent ensemble des estampes érotiques, notamment l'*Académie des dames*. Puis, action :

« Elles commencèrent leurs travaux avec une fureur pareille à celle de deux tigresses qui paraissaient vouloir se dévorer. » (Ici, on s'en souvient, intervention, dans le texte, des ciseaux du professeur Laforgue.)

« Enivrés tous les trois par la volupté, et transportés par des continuelles fureurs, nous fîmes dégât de tout ce que la nature nous avait donné de visible et de palpable, dévorant à l'envi tout ce que nous voyions, et nous trouvant devenus tous les trois du même sexe dans tous les trios que nous exécutâmes. Une demi-heure avant l'aube, nous nous quittâmes épuisés de force, las, fatigués, rassasiés, et humiliés de devoir en convenir, mais non pas dégoûtés. »

À ce moment-là, qui règle le jeu? M. M., pour tenir les désirs de Bernis? Bernis, pour s'amuser? C. C., qui peut espérer, à travers Bernis, une promotion sociale? Casanova, qui a sans doute le même projet? Le lecteur attentif remarque que, pendant la séance «furieuse», chacune des deux filles a demandé à Giacomo de ne pas «l'épargner», ce qui veut dire que chacune a pris le risque d'être «grosse» (comme on dit à l'époque). Casa en étalon dans le dos de Bernis? Tout cela, tout cela. Avec ce quatuor, sur lequel plane l'image de Mme de Pompadour, on est vraiment au cœur de l'existence comme diplomatie secrète.

M. M., bien entendu, a tout raconté à Bernis qui veut jouir lui aussi, en trio, avec les deux anges. Casa la trouve mauvaise, mais, dit-il, ils ont bien raisonné, je leur dois quelque chose, je suis obligé «d'avaler la pilule» (*sic*). Bernis obtient sa séance mimétique, et il y en aura encore une, où le couple M. M.-Casa se mettra d'un côté, et celui C. C.-Bernis de l'autre (Bernis répugne à être vu en action). L'argent de Bernis circule, les pâmoisons plus ou moins simulées des filles aussi, ainsi que l'«humide radical» des deux hommes. Il y a des préservatifs (des «condoms»), mais enfin, on peut s'y tromper. L'une ou l'autre sera-t-elle enceinte? Il ne semble pas. Ouf, la roulette a été chaude.

Il y a fort à parier que tout ce théâtre a commencé avec la fausse couche de C. C. au couvent. M. M. la repère, la fait parler, la séduit, se met en compétition active avec Casa, fait monter la curiosité et les cadeaux de Bernis, espère, consciemment ou non, se retrouver enceinte comme C. C. au début de l'intrigue, pendant que C. C., qui n'a pas renoncé à une nouvelle tentative avec Giacomo, rêve sans doute de prendre la place de M. M. auprès de l'ambassadeur.

Les deux hommes, là-dedans, sont-ils dupes? Pas vraiment. Et les filles non plus. Ce qui reste le plus sûr, c'est le plaisir pris, et il est majeur.

Impossible d'aller plus loin, le dénouement se fait de lui-même : Bernis doit partir vers ses nouvelles fonctions à Versailles, C. C. se mariera à un homme extérieur au réseau, la jolie et intrépide M. M. s'efface.

Un carnaval? Oui, mais aussi une lutte de pouvoirs.

Quant à Casa, qui ne se doute de rien, la foudre est maintenant sur sa tête.

Casanova vient de franchir une ligne invisible. Une religieuse patricienne (M. M., de la puissante famille Morosini), un ambassadeur étranger et, de plus, ecclésiastique, voilà des liaisons dangereuses qui relèvent de la sécurité d'État. Qui est cet amateur, cet ancien joueur de violon, fils de comédiens, qui se mêle de nos affaires? Que sait-il exactement? Qu'a-t-il appris? Bragadin le protège, d'accord, mais enfin c'est un vieux fou victime d'un charlatan, joueur et libertin sans scrupules. Que peut-on dire de ce gêneur, pour finir? *Athée*, voilà. Très bon motif d'inculpation. La Sérénissime République sait se défendre.

Déjà, Giacomo a constaté qu'un certain Manuzzi, espion des Inquisiteurs, tourne autour de lui. Un jour, il lui demande de lui prêter ses livres de magie. L'orage se rapproche, Bragadin a beau prévenir son fils adoptif, lui conseiller de fuir, rien n'y fait, Casa ne se sent pas coupable, il reste. Le destin sait nous guider? Suivre le Dieu? Les pyramides cabalistiques? L'ange Paralis? Silence.

Le 25 juillet 1755 (il vient d'avoir trente ans), il est arrêté par ordre du Tribunal :
« Mon secrétaire était ouvert ; tous mes papiers étaient sur la table où j'écrivais… »

On saisit immédiatement tout ce qui est écrit ou imprimé. Aussi bien *La Clavicule de Salomon* et *Le Portier des Chartreux* (livre obscène), que l'Arioste, Horace, Plutarque.

Aucune explication, pas de jugement. Direction : les Plombs.

Nous savons, aujourd'hui, que Casa est *déjà* condamné à cinq ans de prison pour athéisme. Lui n'est informé de rien.

Sa vie paraît brisée, mais c'est le contraire. Son enfermement, sa révolte intérieure, son évasion vont être pour lui un redoublement d'aventure et de liberté.

Les voies de la Providence sont impénétrables. La preuve : Dieu protège son athée préféré.

Casa est bouclé sous les Plombs de fin juillet 1755 au 1er novembre 1756. Plus de quinze mois. Cinq saisons en enfer. Il s'agit d'une épreuve physique et morale très dure. Il commence, dit-il, par « faire beaucoup d'eau ». Voilà une précision qui a choqué des lectrices à Prague, lors de la première publication de l'histoire de sa fuite, mais il est comme ça, Giacomo, il a un corps, pas n'importe lequel, il l'observe, l'ausculte. Même chose pour les lieux, avec un sens aigu des détails. Orientation, dimensions, matériaux plus ou moins résistants, rien ne lui échappe. Il va d'ailleurs se révéler un excellent ouvrier de sa longue préparation d'évasion.

Il est entouré de rats, mangé par les puces. Sa première attitude, verrouillé sans boire et sans manger, est de rester debout, à l'appui d'une lucarne, huit heures d'affilée, sans bouger. Le toit est en plomb, d'où chaleur extrême en été et froid glacial en hiver. Tenir bon, sans doute, mais comment ? Par la pensée. Premier constat : « Je crois que la plupart des hommes meurent sans avoir pensé. »

Tout ce qu'il raconte est exact : nous avons les comptes de son geôlier pour sa nourriture. Il dit qu'il ne peut pas se tenir droit : il mesure un mètre quatre-vingt-sept. Un bel homme au teint très brun, « africain » dit Ligne (« mon cher Brunet », l'appelait M. M.) :

« J'ai reconnu qu'un homme enfermé tout seul, et mis dans l'impossibilité de s'occuper seul dans un endroit presque obscur, où il ne voit, ni ne peut voir qu'une fois par jour celui qui lui porte à manger et où il ne peut pas marcher se tenant droit, est le plus malheureux des mortels. Il désire l'enfer, s'il le croit, pour se voir en compagnie. Je suis parvenu là-dedans à désirer celle d'un assassin, d'un fou, d'un malade puant, d'un ours. La solitude sous les Plombs désespère ; mais pour le savoir il faut en avoir fait l'expérience. Si le prisonnier est un homme de lettres, qu'on lui donne une écritoire et un papier, et son malheur diminue de neuf dixièmes. »

Il demande à lire. On lui donne *La Cité mystique de Sœur Marie de Jésus appelée d'Agrada* (ça lui apprendra à s'envoyer en l'air avec des religieuses) et l'œuvre d'un jésuite sur le Sacré-Cœur. C'est là un humour aussi laborieux que de proposer à un prisonnier du Goulag, plus tard, de méditer sur *Matérialisme et Empiriocriticisme* de Lénine (et si Casanova était mis en prison aujourd'hui, l'humour noir serait de vouloir le rééduquer en lui proposant d'étudier à fond les œuvres complètes de Pierre Bourdieu, par exemple) :

« J'ai lu tout ce que l'extravagance de l'imagination échauffée d'une vierge espagnole extrêmement dévote, mélancolique, enfermée dans un couvent, ayant des directeurs ignorants et flatteurs, pouvait enfanter. Toutes ces visions chimériques et monstrueuses étaient décorées du nom de révélations; amoureuse et amie très intime de la Sainte Vierge, elle avait reçu l'ordre de DIEU même d'écrire la vie de sa divine mère; les instructions qui lui étaient nécessaires et que personne ne pouvait avoir lues nulle part lui avaient été fournies par le Saint-Esprit.»

La chaleur augmente :

«La sueur qui filtrait de mon épiderme ruisselait sur le plancher à droite et à gauche de mon fauteuil, où je me tenais tout nu.»

Les puces, la transpiration permanente, des hémorroïdes, la fièvre et, en plus, des lectures débilitantes mystiques (pourquoi pas, tant qu'on y est, un recueil de sermons du Dalaï Lama?).

Il demande qu'on balaie sa cellule bourrée de poussière :

«Je profitai de ces huit ou dix minutes pour me promener avec violence : les rats, épouvantés, n'osaient pas se montrer.»

Toujours aucune nouvelle des Inquisiteurs, et pour cause. Arbitraire complet :

« Le coupable est une machine qui n'a pas besoin de s'en mêler pour coopérer à la chose ; c'est un clou qui pour entrer dans un plancher n'a besoin que des coups de marteau. » (Les procès de Moscou feront un pas en avant : on verra les accusés coopérer avec leurs accusateurs pour se déclarer coupables.)

Un jour, sa cellule tremble, une poutre vacille. C'est un tremblement de terre, en réalité celui de Lisbonne, le 1er novembre 1755 (bonjour Voltaire). Un instant, Casa croit que le palais des Doges pourrait s'effondrer. Il serait libre au milieu des décombres. C'est à la suite de cette vision que son unique pensée devient celle de s'évader (il le fera exactement un an plus tard) :

« J'ai toujours cru que lorsqu'un homme se met dans la tête de venir à bout d'un projet quelconque, et qu'il ne s'occupe que de cela, il doit y parvenir, malgré toutes les difficultés ; cet homme deviendra grand vizir, il deviendra pape, il culbutera une monarchie pourvu qu'il

138

s'y prenne de bonne heure ; car l'homme arrivé à l'âge méprisé par la Fortune ne parvient plus à rien, et sans secours on ne peut rien espérer. Il s'agit de compter sur elle, et en même temps de défier ses revers. Mais c'est un calcul politique des plus difficiles. »

La Fortune ? La voici, elle apparaît sous la forme d'un *verrou*. Un libertin de Fragonard va se servir d'un verrou pour s'évader de prison : c'est un surréaliste. Il trouve l'engin au milieu de débris, dans un coin du galetas où il est admis à faire une brève promenade. Il s'en empare, il commence à l'affûter, il s'acharne (« le creux de ma main était devenu une grande plaie »), il le transforme peu à peu en « esponton » (disons en épieu). Il regarde déjà le plancher à creuser. La sortie doit être par là, quelque part, dans le défaut du bois.

De temps en temps, on lui adjoint des compagnons de cellule dont il trace des portraits savoureux et cruels. Il faut les contrôler, les faire taire, parfois les terroriser. En réalité, il faut prier parce que la prière détourne du doute et du désespoir, et donne de la force. Un athée qui prie ? Il ose le dire. Il met toutes les chances de son côté.

Mais enfin, creusons ce plancher. Le 23 août,

en insistant, Casa arrive au-dessus de la chambre des Inquisiteurs. La voie est ouverte. Mais le 25, on le change soudain de cachot. On ne l'envoie pas aux *puits*, heureusement (là, ce serait la fin), mais plus haut, avec même une vue sur le Lido. On croit lui faire plaisir. Tout est à recommencer.

Si on ne peut pas sortir par le plancher, ce sera par le plafond. Le geôlier, qui a découvert le trou dans l'ancienne cellule, a peur que Casanova l'accuse d'incompétence, d'autant plus qu'il s'est servi de lui, sans qu'il s'en doute, pour fabriquer (avec de l'huile de salade et de l'amadou) une petite lampe. « Qui vous a aidé à faire tout ça ? — Vous. » La canaille a peur, c'est parfait. Le régime est plus souple. Peut-être même une complicité lointaine, au Conseil, a-t-elle plaidé pour un assouplissement relatif ? On ne juge pas Casa, on ne l'assassine pas, on ne le condamne pas, comme d'autres malheureux, à pourrir *en bas*, à mi-corps dans l'eau, dans une agonie interminable. Le plafond, le plafond, la sortie est là.

Toujours la magie de l'écriture et des livres : Casa a un voisin (c'est le père Balbi, un moine), prisonnier, lui aussi, mais enfin la religion en impose. Ce Balbi lit. Il veut bien échanger des livres avec l'athée d'à côté. Dans les livres, on peut cacher des messages, et même des lettres entières. Encore faut-il avoir de quoi écrire :

« J'avais laissé croître l'ongle de mon petit doigt de la main droite pour me nettoyer l'oreille, je l'ai coupé en pointe, et j'en ai fait une plume, et au lieu d'encre je me suis servi du suç de mûres noires. »

Il faut se méfier de ce père Balbi. On lui tend un piège dans la correspondance. Ça va. On peut donc lui parler du verrou, de « l'esponton », en lui demandant sa complicité pour creuser le plancher de sa cellule (d'où il pourra tirer Casa) ainsi que son plafond qui donne sur les toits (et, à partir de là, bonne chance).

Mais comment lui faire *passer* le verrou ? Bon dieu, mais c'est bien sûr, dans une Bible, in-folio, récemment imprimée, qui comporte la Vulgate et la version des Septante. Le verrou dans la reliure de la Bible prêtée au père Balbi, impeccable. Mais le verrou dépasse un peu sur les deux côtés. Idée : préparer un plat de macaroni pour son voisin, et faire porter le tout (le plat de macaroni empêchant de voir le verrou dépassant de la reliure de la Bible) par le gardien.

La Bible, un verrou, un plat de macaroni : à quoi tient la liberté, quand même.

Le père Balbi se met donc au travail, plancher et plafond chez lui, plafond chez Casa. Pour cacher ses travaux, le moine a fait demander des estampes pieuses de saints pour en tapisser ses murs.

La prison est devenue une sorte d'église où une drôle de messe se prépare. Un compagnon de cellule, ex-espion, ayant été placé chez Casa, il faut le terrifier avec des discours métaphysiques. Heureusement, il est superstitieux comme un diable. Traître, mais tremblant de peur. C'est ce qu'il faut.

S'il n'est pas sage, un ange viendra le punir, et d'ailleurs la Sainte Vierge peut d'un moment à l'autre apparaître.

Car ça marche :

« Le seize octobre à dix-huit heures, dans le moment que je m'amusais à traduire une ode d'Horace » (dandysme de Casanova), « j'ai entendu un trépignement au-dessus de mon cachot et trois petits coups de poignet... »

C'est le signal convenu avec le moine foreur.

Tout a été réglé par écrit. Il a fallu, pour cela, apprendre à écrire aussi « à l'obscur ». Essayez donc d'écrire une traduction d'Horace en vous servant de l'ongle du petit doigt de votre main droite, avec du jus de mûres noires, dans l'obscurité.

Jusqu'à présent, Casa ne nous a parlé ni de cabale ni de pyramides. C'est le moment. Pour sa divination, en réponse à sa propre question, il faut choisir un livre. Lequel ? L'Arioste, qu'il adore. Il demande quelle sera la date de sa délivrance : dans quel chant du *Roland furieux* elle est indiquée, dans quelle strophe, à quel vers.

Lettres, chiffres, calcul. Résultat : chant IX, strophe 7, vers 1 :

« *Tra il fin d'Ottobre, e il capo di Novembre.* »

Autrement dit : « Entre la fin d'octobre et le début de novembre. »

Il ne reste que la nuit qui va du 31 au premier : c'est en effet à ce moment-là que Casanova, nouveau Dante, sortira des Plombs pour revoir les étoiles. Dieu lui fait signe dans la poésie ou la musique (Venise, c'est aussi l'*Orlando Furioso* de Vivaldi, qu'il faut entendre chanter par cette M. M. sublime qu'est Marilyn Horne).

Il s'agit bien, on l'a compris, de convoquer le maximum de magnétisme sauveur :

«Je narre la chose parce qu'elle est vraie et extraordinaire et parce que, si je n'y avais pas fait attention, je ne me serais peut-être pas sauvé. »

La grande nuit est arrivée. Le père Balbi tire Casanova à travers le plafond de sa cellule. Le toit, en haut, est ouvert. Il est huit heures du soir. Giacomo sort, il voit la lune. Trop de lumière. Les promeneurs de la place Saint-Marc les apercevraient. Mieux vaut agir à minuit, mais pour faire quoi ? C'est l'incertitude complète.

Casa a préparé sa *corde* : draps, serviettes, matelas, tout y est passé. Le plus important, ce sont les nœuds. Des nœuds de tisserand. Il est expert :

«Il y a dans les grandes entreprises des articles qui décident de tout, et sur lesquels le chef qui mérite de réussir est celui qui ne se fie à personne. »

Le moine Balbi est soudain plein d'objections. Tout semble lui donner raison. S'évader semble impossible, sauf à se rompre les os, en bas. « Il n'était pas assez désespéré, note Casa, pour défier la mort. »

On veille. Giacomo en profite pour écrire une lettre très insolente aux Inquisiteurs, qui s'achève, touche de maître, par un verset du psaume 117 de la Bible :

« Je ne mourrai pas, je vivrai, et je chanterai les louanges du Seigneur. »

Et il prend soin de préciser : « Écrit une heure avant minuit, sans lumière. »

Mais le plus difficile reste à faire : un haut numéro d'acrobatie. C'est le moment, dit Casa, où il faut être « téméraire sans imprudence ». Il rampe, il étudie le rebord du toit plus ou moins pourri, il voit une lucarne en contrebas, dont il pourrait peut-être détacher la grille avec son verrou « à facettes pyramidales ». Il se laisse descendre avec sa corde, parvient à forcer la lucarne, expédie le père Balbi avant lui, se débrouille on ne sait comment avec une échelle, est saisi d'une crampe au moment décisif, attend qu'elle se calme, calcule tout en fonction de

145

l'art du levier et de l'équilibre, manque dix fois de tomber et enfin débouche dans une sorte de grenier où, épuisé, il s'endort.

Les casanovistes ont vérifié tout cela, qui tient du miracle de la géométrie non euclidienne. Mais il faut croire que le Grand Architecte, à ce moment précis, fermait plus ou moins les yeux.

Les deux complices, après quelques portes forcées, débouchent sur les Archives du Palais, puis sur la Chancellerie ducale, «cœur de l'État», bureaux où l'on garde les lois, les décrets, les ordonnances. On rêve ? Non, c'est toujours Dieu qui s'amuse. N'empêche : il faut bientôt faire un trou dans le mur, à travers lequel Casa se blesse cruellement aux jambes. Il est tout en sang. De là à l'escalier royal, celui «des géants» (que tout le monde connaît par cartes postales). Mais les grandes portes, là, sont fermées et infranchissables. Il faut attendre le matin et s'en remettre encore une fois à Dieu. Pendant que son compagnon se lamente, Casa ouvre le sac qu'il a pris soin de garder avec lui, et entreprend tout simplement de *se changer* pour entrer en scène :

«J'avais l'apparence d'un homme qui, après avoir été au bal, avait été dans un lieu de débauche où on l'avait échevelé. Les bandages qu'on voyait à mes genoux étaient ce qui gâtait toute l'élégance de mon personnage. »

Là, il faut tenter le Diable :

«Ainsi paré, mon beau chapeau à point d'Espagne d'or et à plumet blanc sur la tête, j'ai ouvert une fenêtre. »

Dans la cour du Palais, des «fainéants» qui se trouvent là l'aperçoivent, et s'imaginent qu'on a enfermé la veille quelqu'un par erreur. Ils vont donc chercher le gardien qui ouvre la porte. Casa a repris son verrou-esponton et se prépare à égorger le gardien s'il résiste. Mais non, il est pétrifié. Les deux évadés sortent rapidement, vont ensuite, ni lentement, ni en courant, vers une gondole (le père Balbi voudrait aller dans une église, mais Casa sait bien qu'il faut quitter sur-le-champ les territoires de la République). Voilà, ils embarquent, ils flottent bientôt sur la Giudecca :

«J'ai alors regardé derrière moi tout le beau canal, et ne voyant pas un seul bateau, admirant la plus belle journée qu'on pût souhaiter, les premiers rayons d'un superbe soleil qui sortait de l'horizon, les deux jeunes barcarols qui ramaient à vogue forcée, et réfléchissant en même temps à la cruelle nuit que j'avais passée, à l'endroit où j'étais dans la journée précédente, et à toutes les combinaisons qui me furent favorables, le sentiment s'est emparé de mon âme, qui s'éleva à DIEU miséricordieux, secouant les ressorts de ma reconnaissance, m'attendrissant avec une force extraordinaire, et tellement que mes larmes s'ouvrirent soudain le chemin le plus ample pour soulager mon cœur, que la joie excessive étouffait; je sanglotais, je pleurais comme un enfant qu'on mène de force à l'école. »

Le moine Balbi essaie de le calmer, mais il s'y prend tellement mal (« ce moine était bête, et sa méchanceté venait de sa bêtise ») qu'il déclenche chez Casa un rire convulsif, à un point tel qu'il le croit devenu fou.

Est-ce bien le même Casanova qui, beaucoup plus tard, peu de temps avant sa mort, dira, dans le *Précis de ma vie*, que les Inquisiteurs d'État l'ont mis autrefois sous les Plombs pour des raisons «justes et sages»? Est-ce bien le même qui,

148

après son retour à Venise, sera quelque temps « confidente », c'est-à-dire espion stipendié par ces mêmes Inquisiteurs ? Nous avons ses rapports de dénonciation : ils sont ahurissants.

En 1775 : « L'excès de luxe, l'absence de retenue des femmes, l'entière liberté de disposer de soi, à l'encontre des indispensables devoirs de la famille, telles sont les causes de l'extension, chaque jour plus grande, de la corruption... »

En 1780 : « Des femmes de mauvaise vie et de jeunes prostituées commettent dans les loges du quatrième étage du théâtre San Cassano ces délits que le gouvernement souffre mais ne veut pas exposer à la vue d'autrui... »

En 1781 : « Les œuvres de Voltaire, productions impies... L'horrible *Ode à Priape*, de Piron... De Rousseau, l'*Émile* qui renferme nombre d'impiétés, et *La Nouvelle Héloïse* qui établit que l'homme n'est pas doué de libre arbitre... *Thérèse philosophe*, *Les Bijoux indiscrets*... Le poème de l'impie Lucrèce, Machiavel, l'Arétin et bien d'autres... Les livres impies des hérésiarques et des fauteurs de l'athéisme, Spinoza et Porphyre, se trouvent dans toutes les bonnes bibliothèques... De nombreux livres, par leur libertinage effréné, paraissent avoir été écrits pour exciter, au moyen de récits voluptueux et lubriques, les mauvaises passions engourdies et languissantes... Par malheur, un livre n'est jamais tant lu que lorsqu'une exécution de principe l'a déclaré infâme, et une proscription fait souvent la fortune d'un auteur sans frein... »

Encore 1781 : « À San Moïse, au bout de la Pescheria, du côté où l'on va du Canal Grande à la *calle* du Ridotto, il y a un local qui s'appelle l'Académie des peintres. Les étudiants en dessin se réunissent là pour prendre des croquis, en diverses attitudes, d'un homme et d'une femme nus, selon les soirs. En cette soirée de lundi, c'est une femme qui sera exposée pour être croquée par plusieurs étudiants telle qu'elle se montrera.

« À cette Académie de la femme nue, on admet de jeunes dessinateurs âgés à peine de douze ou treize ans. D'autre part, beaucoup d'amateurs curieux, qui ne sont ni peintres ni dessinateurs, participent à ce spectacle. Cette cérémonie commencera à une heure de la nuit et durera jusqu'à trois heures. »

Mais oui, ces « rapports » sont bel et bien signés *Jacques Casanova*, ex-évadé des Plombs, libertin notoire dans les siècles des siècles. Il avait besoin d'argent? Soit. Il était prêt à tout pour se faire reconnaître à Venise? Peut-être. Il ne raconte jamais rien d'important? Évidemment. Ces ruses ne lui serviront d'ailleurs pas à grand-chose puisque, dès 1782, il sera de nouveau en exil à cause d'un pamphlet d'une virulence extrême qu'il lance contre toute la bonne société de la ville. D'où l'errance, de nouveau, et la fin en Bohême. D'où, en réalité, une écriture qu'il n'a peut-être jamais envisagée auparavant, celle de l'*Histoire de ma vie*, son triomphe, commencée en 1789.

Complexe et obscur Casa. Ce n'est pas un saint (mais qui sait?), ce n'est pas un martyr (encore que). Son emploi transitoire d'espion lui est peut-être apparu comme un chef-d'œuvre d'humour noir. Une jouissance de cet ordre est perceptible chez Sade lorsqu'il joue au révolutionnaire exalté de la Section des Piques pendant la Révolution. L'auteur de la *Philosophie dans le boudoir* chantre de Marat : on se pince. Casanova en dénonciateur de livres impies : on se frotte les yeux. On peut cependant risquer une hypothèse toute simple : l'un comme l'autre ont su qu'ils n'avaient rien à attendre, ni sur le fond, ni dans la forme, d'aucun régime ni d'aucune société, quelle qu'elle soit. Ce sont des traîtres à la première personne du pluriel.

Ils ne disent jamais *nous*. C'est *je*, en profondeur, et une fois pour toutes.

À un moment de son *Histoire*, Casa parle de ces « Vénitiens de jadis, aussi mystérieux en galanterie qu'en politique ». C'est lui.

Voici donc Casa battant la campagne, bien décidé à égorger tout individu qui voudrait l'empêcher de fuir. Il a pris le chemin le plus long pour atteindre la frontière, sachant qu'on le cherchera d'abord dans les circuits courts. Il marche, il marche. Il aperçoit une maison, une force obscure lui dit d'y entrer. C'est là qu'habite le chef de la police locale. Autant se jeter dans la gueule du loup :

« J'y suis allé en droite ligne, et en vérité je sais que je n'y suis pas allé de volonté déterminée. S'il est vrai que nous possédions tous une existence invisible bienfaisante qui nous pousse à notre bonheur, comme il arrivait, quoique rarement, à Socrate, je dois croire que ce qui me fit aller là ait été cette existence. Je conviens que dans toute ma vie je n'ai jamais fait une démarche plus hardie. »

Dieu continue à s'amuser. Dans la cour, un enfant joue. Une femme enceinte apparaît, prend le fugitif, malgré son allure hagarde, pour le supérieur hiérarchique de son gendarme de mari, lequel, dit-elle, est parti pour trois jours à la recherche de deux prisonniers échappés des Plombs de Venise. Mais vous êtes en sang, mon cher monsieur ? Oui, je me suis blessé à la chasse dans la montagne. Entrez, entrez, ma mère va vous soigner, on va vous donner à manger. Il entre, on le sert comme un prince, il s'endort, se réveille guéri, s'habille et s'en va comme il est venu, avec le plus grand naturel. La femme du policier l'a pris, en plus, pour le parrain de son futur enfant : un comble.

Une « existence invisible bienfaisante » ? Mais oui. On vit, on a un destin, on meurt, et l'existence invisible est là, comme elle était là, comme elle sera là, même sans personne pour la ressentir. On est sauvé de naissance, ou même sans naître, ce qui est finalement de peu d'importance. Être né est quand même une chance : « Je ne connais pas d'autre grâce que celle d'être né. Un esprit impartial la trouve complète » (Lautréamont).

Il marche. Il envoie chercher de l'argent à Venise, chez Bragadin. On le retrouve à un moment donné sur un âne. En avant, en avant. Le voici à Munich, à Augsbourg, et enfin, à

154

Strasbourg. Le but est évidemment Paris, capitale de la Fortune, aveugle déesse. Il y arrive en berline le matin du 5 janvier 1757, deux mois après avoir fait la belle (cette expression populaire pour « évasion » résume tout).

Il descend chez ses amis Balletti, comédiens italiens, où il est fêté comme un héros. Silvia, la femme de Balletti, est l'actrice célèbre de Marivaux. Il y a là une fille de dix-sept ans (Casa dit quinze), Manon, qui va l'aimer sincèrement en attendant qu'il l'épouse. Vaine attente, inutile de le dire, mais qui nous vaut les plus belles lettres d'amour que Casa ait jamais reçues. Des lettres qu'il a conservées à Dux, et que Manon lui écrivait en cachette, en général vers minuit, en français spontané et frais. Elle l'appelle son amant, son mari, son ami. Ils n'ont jamais fait l'amour ensemble.

La première personne que Casa cherche à voir est, bien entendu, Bernis, qui vient d'être nommé ministre d'État, avec entrée au Conseil secret pour les Affaires étrangères. Il va à Versailles, mais ce n'est pas n'importe quel jour : Damiens vient de tenter d'assassiner le roi. Un coup de canif, mais beaucoup de bruit, et bientôt, pour le régicide, un supplice effroyable.

«Dans ces temps-là, les Français s'imaginaient d'aimer leur Roi, et ils en faisaient toutes les grimaces; aujourd'hui on est parvenu à les connaître un peu mieux. Mais dans le fond les Français sont toujours les mêmes. Cette nation est faite pour être toujours dans un état de violence; rien n'est vrai chez elle, tout n'est qu'apparent. C'est un vaisseau qui ne demande que d'aller, et qui veut du vent, et le vent qui souffle est toujours bon. Aussi un navire est-il les armes de Paris.»

Casa a pris la décision d'être sérieux, et de mettre en pratique son «système de réserve». Certes, il est encore entretenu, de loin, par Bragadin, mais cela ne suffit pas. Il a une carte à jouer tout de suite : le récit de sa fuite. Bernis le reçoit gentiment, lui donne de l'argent, se fait raconter ses aventures, et lui ordonne de les écrire pour qu'il puisse les montrer à la Pompadour. Il le recommande à Choiseul, au contrôleur général Boulogne, le fait passer pour financier. «Trouvez quelque chose pour la recette royale.»

De l'aplomb, de la froideur, de l'audace, de l'improvisation : voilà Casa devenu, au flair, spécialiste du calcul mathématique pour la fondation d'une loterie. De la cabale et des pyramides à la gestion hasardeuse de la fortune nationale, il n'y a qu'un pas. Son projet fourmille d'erreurs à la relecture d'aujourd'hui? Aucune importance. Il est de mèche avec un Italien, Calsabigi, lequel a un drôle de frère malade qui écrit au lit. La loterie doit prendre modèle sur les Assurances qui commencent, partout en Europe, à être très riches. Des millions sont à l'horizon, et Casa joue avec le Trésor royal («La loterie doit être royale ou rien»). Le manuscrit de l'*Histoire* se hérisse de chiffres. Des sequins, on est passé aux louis, aux ducats, aux écus. Casa, de nos jours, serait déjà un virtuose de l'euro, quelque part, en coulisse. Sa réputation est encore bonne, la marquise a lu le récit de son évasion, et l'a trouvé bon. La loterie est instituée et Giacomo ouvre des bureaux : il est riche.

La vie est une loterie, une roue permanente, le monde lui-même n'est qu'un jeu sur fond de néant. Casanova en est convaincu, mais au lieu de s'abandonner, comme d'autres, à la mélancolie ou à la dépression, il va à la table de jeu, il parie, il accepte les gains et les pertes, il suit son dieu, c'est-à-dire son désir. Contrairement à l'image conventionnelle dont on l'affuble, l'entraînement sexuel auquel il se soumet n'est pas de l'ordre de l'obsession, mais du pari. Il joue toujours la même carte, mais dans des situations sans cesse différentes. Dieu ne lui demande pas des sacrifices, mais beaucoup d'attention et de détermination. L'abîme entre Pascal et lui est imperceptible. Pas d'au-delà pour Casa, une autre façon d'être *là*.

Un Vénitien arrive à Paris, il s'appelle Tireta, il a vingt-cinq ans, il est en fuite. Casa le reçoit, le présente dans son entourage, et bientôt il est célèbre pour ses exploits organiques. Une Italienne qui l'utilise, la Lambertini, le surnomme « comte de Six Coups ». Il s'agit d'un membre éminent, dont Casa suit avec amusement les performances. C'est lui en plus gros, long et borné, en somme. Casa l'emploie comme leurre, ce qui lui permet, un soir, de draguer la jolie nièce d'une grosse femme, lors d'une partie de cartes. Elle a dix-sept ans, elle vient de sortir du couvent. Seulement, voilà : elle est *curieuse*. Giacomo est ici dans un rôle d'instituteur.

Ils sont dans un coin du salon. Elle vient parler avec lui au coin du feu. Elle veut savoir à quoi correspond l'expression « comte de Six Coups », etc. Casa lui montre de quelle partie du corps il s'agit chez l'homme. Elle s'offusque, mais revient à la charge. Ici, la leçon s'accélère, et finit dans un mouchoir. L'élève, qui n'est ni bête ni innocente, feint de s'indigner, mais pas trop :

«Vous m'avez fait faire en moins d'une heure un voyage que je ne croyais possible de finir qu'après le mariage. Vous m'avez rendue on ne peut pas plus savante dans une matière à laquelle je n'ai jamais osé arrêter ma pensée.»

Giacomo, donc, vient seulement de se masturber devant elle. Aujourd'hui, pour peu qu'il ait éjaculé sur la robe de cocktail de cette jeune fille désirant s'instruire, il serait peut-être poursuivi pour harcèlement sexuel avec analyse de son «liquide corporel» (comme disent élégamment les médias américains) pour prouver sa culpabilité en termes d'ADN. De grosses sommes seraient en jeu, les avocats et les journaux s'empareraient de l'affaire. Scandale à Paris : un proche du ministre des Affaires étrangères est convaincu d'agression fluide sur une adolescente sans défense. Son compte serait bon. Bill Casanova serait empêché de nuire. Sa victime raflerait quelques millions de dollars en librairie en racontant les détails sordides de cette aventure.

Casanova se livrant à un acte odieux ? Sans doute, mais attention. La nièce lui écrit presque aussitôt pour le demander en mariage afin d'éviter d'être vendue à un riche commerçant. «Je ne sais pas si je vous aime ; mais je sais que je dois vous préférer à tout autre pour l'amour de moi-même.» Sa tante, dit-elle, «est dévote, joueuse, riche, avare et injuste». Elle veut disposer de sa nièce comme font les familles de l'époque : au couvent ou mariée, pas de milieu. Épousez-moi, dit la jeune fille à Casa, et vous aurez *tant*. Dureté de la condition féminine, dont Casanova, quoi qu'on pense, est le premier et le plus précis révélateur. Rien que pour cela, l'*Histoire de ma vie* est un document extraordinaire : religieuses, épouses infidèles, filles à vendre, prostituées, courtisanes, vieilles femmes folles, femmes du peuple, marquises, bourgeoises, comtesses, pucelles ou mères de famille, c'est en effet le catalogue de Mozart, mais aggravé par un regard sociologique aigu. Pas de généralités : des récits concrets. Un fleuve de détails qui en dit plus long que mille et trois volumes universitaires.

La grosse tante hypocrite va bientôt être traitée comme elle le mérite. Nous sommes le jour de l'exécution de Damiens par écartèlement. Casa a retenu des *fenêtres* pour sa petite compagnie. Il y a foule pour le spectacle :

«Au supplice de Damiens, j'ai dû détourner mes yeux quand je l'ai entendu hurler n'ayant plus que la moitié de son corps; mais la Lambertini et Mme XXX ne les détournèrent pas; et ce n'était pas un effet de la cruauté de leur cœur. Elles me dirent, et j'ai dû faire semblant de leur croire, qu'elles ne purent sentir la moindre pitié d'un pareil monstre, tant elles aimaient Louis XV. Il est cependant vrai que Tireta tint Mme XXX si singulièrement occupée pendant tout le temps de l'exécution qu'il se peut que ce ne soit qu'à cause de lui qu'elle n'a jamais osé ni bouger, ni tourner la tête.»

Le démembrement public de Damiens a duré quatre heures. Mme XXX, la grosse tante dévote, après quelques simagrées d'après coup, deviendra la plus comblée des femmes en adoptant Tireta. Casa, lui, aidera à parfaire, clandestinement, de nuit, l'éducation de la nièce. Il prétend, et pourquoi ne pas le croire, qu'elle ne s'en plaint pas.

Casanova *professeur* : sa mauvaise réputation, la jalousie crispée qu'il déclenche chez les hommes, la sympathie dissimulée que lui accordent les femmes (même si elles disent le contraire), toute sa légende enfin, viennent assurément de là. Professeur d'évidence physique, et aussi d'histoire. Le supplice horrible de Damiens préfigure les guillotinades industrielles de la Terreur. Les Français faisaient semblant d'aimer leur roi. Mais :

« C'était pourtant le même peuple qui a massacré toute la famille royale, toute la noblesse de France, et tous ceux qui donnaient à la nation le beau caractère qui la faisait estimer, aimer, et prendre même pour modèle de toutes les autres. Le peuple de France, dit M. de Voltaire même, est le plus abominable de tous les peuples. Caméléon qui prend toutes les couleurs, et susceptible de tout ce qu'un chef peut lui faire faire de bon ou de mauvais. »

Ces lignes datent d'avant Napoléon, elles sont prophétiques. Elles expliquent aussi sans doute une part profonde du « malaise français », et son caractère de guerre civile permanente. Français, encore un effort, si vous voulez redevenir le modèle envié de l'Europe et du monde ; c'est un Vénitien en exil qui écrit cela en français il y a deux siècles. Une bouteille à la mer pour une tâche impossible ? Pas sûr.

Employé par Bernis à des « commissions secrètes » (par exemple, l'examen des navires de guerre français à Dunkerque), Casa a eu le temps d'évaluer le mauvais état de l'administration du temps. Le désordre est partout, les dépenses inutiles sautent aux yeux, l'État est endetté, le peuple floué. «Une révolution était nécessaire.» Mais la suite n'est pas reluisante :

«Pauvre peuple qui meurt de faim et de misère, ou qui va se faire massacrer par toute l'Europe pour enrichir ceux qui l'ont trompé.»

Louis XVI était «vertueux», mais «mal instruit». Dans un texte retrouvé et publié récemment, Casanova écrit :

«La monarchie de France devait périr sous un roi faible et sous des ministres incapables, Vergennes excepté, qui seul ne pouvait rien. Toute la nation bafouait un gouvernement qui montrait le flanc de tous côtés; il n'y avait plus de secret d'État dans un temps où il fallait couvrir tout du voile le plus épais, car il s'agissait de cacher à toute la nation que ces affaires se trouvaient dans une telle déroute qu'on devait craindre la faillite. C'était vrai qu'on devait la craindre, mais c'était aux ministres à mettre en force les ressources qui ne pouvaient pas manquer car elles ne manquaient pas dans des temps beaucoup plus difficiles.»

Et puis, il y a les complots plus ou moins occultes, voire occultistes. Casanova sait de quoi il parle (son animosité à l'égard de Cagliostro est connue). Il est surtout très violent contre le duc d'Orléans, dit «Philippe Égalité». «On peut considérer ce prince comme une des causes principales de la Révolution.» Égalité? «Rien n'est plus inégal que l'égalité», affirme Casa. La fraternité, elle non plus, n'est pas son fort. Reste la liberté, à propos de laquelle il n'a de leçons à recevoir de personne.

La petite Manon Balletti aime Casa de tout son cœur, et lui l'aime *beaucoup*. Cela ne change rien à la nature de notre chercheur d'aventures qui n'hésite pas, dans le Paris magnétique du temps, à recourir aux « beautés mercenaires qui brillaient sur le grand trottoir et faisaient parler d'elles ». Il y a aussi, comme d'habitude, les actrices, chanteuses, danseuses :

« Très libres, elles jouissaient de leur droit, se donnaient tour à tour soit à l'amour, soit à l'argent, et quelquefois à l'un et à l'autre en même temps… Je m'étais faufilé avec toutes très facilement… »

Le corps excède les sentiments.

Camille est actrice et danseuse à la Comédie-Italienne. Elle a comme amant en second le comte de la Tour d'Auvergne qui, lui-même, entretient une petite maîtresse. Les soirées sont brillantes, Casa est là, il raccompagne le comte et sa jeune amie, veut palper un peu cette dernière, se trompe dans son attouchement, caresse le comte, qui en plaisante. On rit. Làdessus, comme on pouvait s'y attendre, les deux hommes deviennent amis, se battent un peu en duel pour une affaire d'argent, se réconcilient, se fréquentent. La Tour d'Auvergne est malade, il a une *sciatique*? Non, lui dit Casa, ce n'est qu'un «vent humide» que je vais vous guérir sur-le-champ en vous appliquant le «talisman de Salomon», et en prononçant dessus «cinq paroles». Le comte et Camille croient à une plaisanterie, et Casa, intérieurement, en plaisante lui-même, mais pas de blague, soyons sérieux. Il fait commander du nitre, du bleu de soufre, du mercure et un *pinceau*. Force le malade à lui donner un peu de son urine. Mélange le tout («fait l'amalgame»). Interdit qu'on ricane ou qu'on grimace. Trace l'étoile à cinq branches sur la cuisse de la Tour d'Auvergne en prononçant de prétendues formules magiques dans une langue incompréhensible («je ne comprenais pas moi-même ce que je disais»). Toute cette comédie n'est-elle pas très *comique*? Mise en scène par Molière, sûrement. Mais accomplie dans la réalité avec une gravité imperturbable? Quelques jours après, dit Casa, alors qu'il ne pensait plus à cette farce, la Tour d'Auvergne vient le voir : il est guéri.

On n'a jamais vu un charlatan ésotérique écrire ses Mémoires pour raconter ses supercheries et la crédulité de ses dupes : pourtant Casanova, en véritable homme des Lumières, est cet homme-là. Insouciant de « la marée noire de l'occultisme » (comme le dit Freud, un jour, à Jung, à qui il fait promettre, pour l'éviter, de ne jamais renoncer à la théorie sexuelle), Casa plonge et nage à son aise dans l'océan des illusions. Le sexe, il connaît, il s'entraîne quasiment tous les jours. *Donc* il peut juger du premier coup d'œil le marché occulte. Et dieu sait qu'au XVIIIe siècle, comme de nos jours, il est en plein boom. Il y a de tout, bien sûr, mais aussi des gens très cultivés, très intelligents, se mêlant de « sciences abstraites ». Le comte de la Tour d'Auvergne, qui ne croit à rien, veut que Casa rencontre sa tante, « reconnue pour savante dans toutes les sciences abstraites, grande chimiste, femme d'esprit, fort riche, seule maîtresse de sa fortune ». Casa se fait un peu prier, il ne veut pas passer pour un magicien d'opérette, habileté élémentaire qui ne peut que mieux armer l'hameçon.

La marquise d'Urfé a un nom célèbre. Elle est encore belle, quoique vieille, et rien de ce qui touche à la chimie, à l'alchimie, à la magie ne lui est étranger. Elle reçoit Casanova, qui voit tout de suite l'étendue du problème. On est loin des petits jeux de cabale avec pyramides, questions et réponses, génie chiffré au savoir absolu (mais ce jeu pourra encore servir à l'avenir). Là, dans la capitale d'où sortira un jour la transformation du calendrier historique, on va au fond des choses. Grand Œuvre, pierre philosophale, bibliothèque de premier ordre, laboratoire en cours de fonctionnement, Casa fait le tour de la maison, et nous avec lui, comme s'il entrait dans un film de science-fiction. La marquise a été la maîtresse du Régent qui, on le sait, était un passionné d'alchimie au point, raconte Saint-Simon, de vouloir rencontrer le diable en personne. N'oublions pas que, dans la partie secondaire de toutes ces histoires, il est aussi beaucoup question de poisons.

Les haussements d'épaules sur ce sujet ne sont nullement convaincants, au contraire. Ils peuvent très bien participer, dans leur réflexe de ne rien vouloir savoir, à l'extension du phénomène. Y croire ou ne pas y croire n'est pas le problème. Il faut regarder comment ça fonctionne *de toute façon*.

Que la marquise d'Urfé soit folle, c'est évident, et Casa ne nous cache pas son diagnostic immédiat. Mais, comme avec Bragadin, il voit l'opportunité de la situation, il n'a aucune envie de travailler ni d'être sérieux, il improvise son personnage à mesure. Il a des lectures, de l'intuition, il sait parler et se taire et surtout enchaîner, déplacer, deviner, insinuer, regarder vite par-dessus l'épaule un document ou un manuscrit, faire semblant de savoir plus qu'il ne sait, tomber juste. Il est cryptographe, il va droit au chiffre.

« De la bibliothèque, nous passâmes dans son laboratoire qui m'a positivement étonné ; elle me montra une matière qu'elle tenait au feu depuis quinze ans, et qui avait besoin d'y être encore pour quatre ou cinq. C'était une poudre de projection, qui devait dans une minute opérer la transmutation en or de tous les métaux... »

La marquise et Casa, dans un dialogue étourdissant, font assaut de connaissances, d'allusions, de sous-entendus. Elle veut mieux prononcer « les noms ineffables » ? Peut-être, mais connaît-elle la théorie des heures planétaires ? Pas assez. Casa lui dit soudain qu'elle a un Génie, et qu'il doit en apprendre le nom. « Vous savez que j'ai un Génie ? dit la marquise :

— Vous devez l'avoir s'il est vrai que vous avez la poudre de projection.

— Je l'ai.

— Donnez-moi le serment de l'ordre.

— Je n'ose, et vous savez pourquoi. »

Bien joué. Le serment des Rose-Croix est en effet difficile à concrétiser entre un homme et une femme, surtout s'ils se voient pour la première fois. La marquise en convient aussitôt, et l'affaire est faite :

« Lorsque nous trouvons ce serment, me dit-elle, annoncé dans notre Écriture sainte, il est masqué. *Il jura*, dit le saint Livre, *en lui mettant la main sur la cuisse*. Mais ce n'est pas la cuisse. Aussi ne trouve-t-on jamais qu'un homme prête serment à une femme de cette façon-là, car la femme n'a point de verbe. »

Au commencement était le verbe, et le verbe s'est fait chair : on voit que Casanova n'y va pas de main morte dans son interprétation toute personnelle de l'Écriture. La marquise, d'ailleurs, voudrait bien être dotée d'un verbe, c'est-à-dire renaître dans un corps masculin. Elle sent que Casa est l'homme qu'il faut pour cette opération de grande envergure, pour ce clonage difficile et très singulier. Giacomo, pour elle, est un mutant, un sorcier supérieur qui, pour ne pas être gêné ou arrêté lors de son passage dans le temps, se dissimule sous une identité d'emprunt (par exemple, sous le manteau de la loterie en cours) :

« Ces extravagances venaient des révélations que son Génie lui faisait pendant la nuit, et que sa fantaisie exaltée lui faisait croire réelles. M'en rendant compte de la meilleure foi du monde, elle me dit un jour que son Génie l'avait convaincue qu'étant femme je ne pouvais pas lui faire obtenir le colloque avec les Génies, mais que je pouvais, moyennant une opération qui devait m'être connue, la faire passer en âme dans le corps d'un enfant mâle né d'un accouplement philosophique d'un immortel avec une mortelle, ou d'un mortel avec un être femelle de nature divine. »

Transmutation, transmigration, renaissance avec changement de sexe, qui ne voit qu'on touche au cœur des élucubrations constantes des mortels ? L'embêtant, justement, c'est qu'il faut mourir. Mais la marquise d'Urfé est prête à « abandonner sa vieille carcasse » en utilisant un poison spécial, connu du seul Paracelse (qui, d'ailleurs, n'a pas su s'en servir). Casa, là, est soufflé, il se tait longuement, regarde par la fenêtre. Elle croit qu'il pleure :

« J'ai laissé qu'elle le croie, j'ai soupiré, j'ai pris mon épée, et je l'ai quittée. Son équipage que j'avais tous les jours à ma disposition était à sa porte, prêt à mes ordres. »

Affaire à suivre, donc. Casanova pend soin de noter qu'il a abusé de la marquise d'Urfé : « Toutes les fois que je m'en souviens, je m'en sens affligé et honteux, et j'en fais la pénitence actuellement dans l'obligation où je me suis mis de dire la vérité en écrivant mes Mémoires. » Le jour où il lui a fait croire à sa communication personnelle avec les Génies, il est parti en « portant avec moi son âme, son cœur, son esprit et tout ce qui lui restait de bon sens ». Il est important de savoir que, très riche, elle est aussi très avare, mais qu'elle est prête à donner tout ce qu'elle a pour devenir homme. Il était, dit Casa, impossible de la désabuser :

« Si en vrai honnête homme je lui avais dit que toutes ses idées étaient absurdes, elle ne m'aurait pas cru, ainsi j'ai pris le parti de me laisser aller.

Je ne pouvais que me plaire, poursuivant à me laisser croire le plus grand de tous les Rose-Croix, et le plus puissant de tous les hommes... Je voyais clairement qu'au besoin, elle n'aurait pu me rien refuser, et malgré que je n'eusse formé aucun projet pour m'emparer de ses richesses ni en tout ni en partie, je ne me suis cependant pas senti la force de renoncer à ce pouvoir. »

Plaidoyer *pro domo* classique chez Casa. La société où il se trouve ne fait aucune place à des fils de comédiens comme lui, il n'a rien à espérer, sauf par le mérite, très rarement récompensé, et toujours à la merci de l'arbitraire aristocratique. Voilà, c'est comme ça, et il ne va pas attendre de renaître dans deux ou trois siècles. C'est maintenant ou jamais. Contrairement à la plupart des humains, il ne rêve pas d'être un autre ou une autre ; il ne cherche ni résurrection ni immortalité. Qualité très rare : il sait de quel sexe il est, il n'a pas envie d'en changer. Il est pressé.

Casa a d'ailleurs connu les grands sorciers de son temps. Le comte de Saint-Germain venait dîner chez la marquise d'Urfé. Dîner est trop dire, il ne mange pas, il parle :

«Personne ne parlait mieux que lui. Il se donnait pour prodigieux en tout, il voulait étonner, et positivement il étonnait. Il avait un ton décisif, qui cependant ne déplaisait pas, car il était savant, parlant bien toutes les langues, grand musicien, grand chimiste, d'une figure agréable, et maître de se rendre amies toutes les femmes, car en même temps qu'il leur donnait des fards, il leur embellissait la peau, il les flattait, non pas de les faire devenir plus jeunes, car cela, disait-il, était impossible, mais de les garder et conserver dans l'état où il les trouvait, moyennant une eau, qui lui coûtait beaucoup, mais dont il leur faisait présent. Cet homme très singulier, et né pour être le plus effronté de tous les imposteurs, impunément disait, comme par manière d'acquit, qu'il avait trois cents ans, qu'il possédait la médecine universelle, qu'il faisait tout ce qu'il voulait de la nature, qu'il fondait les diamants, et qu'il en faisait un grand de dix à douze petits sans que le poids diminuât, et avec la plus belle eau. C'était pour lui des bagatelles. Malgré ses rodomontades, ses disparates et ses mensonges évidents, je n'ai pas eu la force de le trouver insolent, mais je ne l'ai pas non plus trouvé respectable ; je l'ai trouvé étonnant malgré moi, car il m'a étonné.»

Nous n'avons pas les Mémoires du comte de Saint-Germain, ni ceux de Cagliostro, mais nous avons ceux de Casanova. Dans *Soliloque d'un penseur*, petit livre publié à Prague en 1786, Casa se moque de Cagliostro, ce qui peut passer pour un avertissement donné à la monarchie française qui va bientôt se faire tirer par le collier de la Reine. Il y fait le portrait type de l'imposteur, dont le crédit « n'est fondé que sur ce que personne n'a qu'une connaissance précaire et abstraite de tout ce qu'il promet d'extraordinaire... Ce que l'homme croit le plus fermement est ce qu'il sait le moins ».

Casanova ne promet rien, ne tient pas grand-chose. On le dote d'un pouvoir? Soit, il laisse aller. Sa vie l'intéresse davantage que celle de l'humanité. C'est un tort, sans doute, à moins que le plus grand tort soit de savoir raconter ce qui mérite de l'être, et d'en faire, à travers tous les mensonges, une vérité. *Étonné*, chez lui, est un mot très fort. On aura noté au passage sa lucidité, avant Freud, sur l'indéracinable envie féminine du pénis (ou le désir d'enfant, ce qui revient au même), ainsi que sur la toute-puissance du miracle annoncé des produits de beauté. Être femme demande réparation, c'est un fait. Et Casa est un réparateur, transitoire certes, mais de premier ordre. La marquise est folle? Sans doute, mais elle est « sublime ». Elle

175

aurait préféré être un homme? Oui, et alors?
Quant au comte de Saint-Germain («je n'ai
jamais de ma vie connu un plus habile et plus
séduisant imposteur»), Casa le retrouvera bientôt à Amsterdam, en mission secrète. Beaucoup
d'argent est en jeu et l'Histoire en est tissée
sans que nous puissions, le plus souvent, démê-
ler ses fils. Le voici installé par Louis XV à
Chambord, Saint-Germain, dans le même loge-
ment que le roi avait donné pour toute sa vie
au maréchal de Saxe. Il a même son *laboratoire*
à Trianon. L'utilisation clandestine des imposteurs a cet avantage qu'on peut n'en rendre
compte à personne, ni gouvernement, ni police.
Au besoin, on désavoue, mais on se garde bien
de faire arrêter, on favorise une fuite. Ni vu ni
connu, mais des mouvements de banque. Plus
tard, parfois beaucoup plus tard, des trous noirs
apparaissent en filigrane dans les comptes. Ils
partent en fumée, des papiers brûlent, des
mémoires s'effacent, des témoins ont disparu.
Pierre philosophale qui roule amasse beaucoup
de mousse d'argent et d'or. Rien de nouveau
sous le soleil de la monnaie, pendant qu'on
parle, ici et là, de choses et d'autres.

Casa, financier, est en Hollande. Les chiffres l'occupent, la spéculation le requiert. Venise est loin, et qui reconnaîtrait cette aimable Lucie d'autrefois, devenue vieille et laide, dans un bordel d'Amsterdam? En revanche, Thérèse Imer reparaît, elle est chanteuse, elle est accompagnée de ses enfants, dont une petite fille de six ans, Sophie. Elle ressemble beaucoup à Giacomo : c'est sa fille.

Les aventures ne sont pas à la mode, au Nord. La jeune et très bourgeoise Esther est charmante, mais elle veut apprendre la cabale au lieu de pénétrer les vrais mystères de sa composition. On sort, on va au concert, on rentre, on parle. Il est de plus en plus question d'argent, de moins en moins d'amour. Casa vieillit. « Je suis parti, après avoir donné à ma fille une montre. »

Thérèse ne lui laisse pas sa fille, mais lui confie son fils de douze ans que la marquise d'Urfé croira tombé du ciel pour favoriser son programme secret. Elle l'appelle comte d'Aranda, le met dans une pension de grand style.

« Je lui ai laissé croire que le petit d'Aranda appartenait au Grand Ordre, qu'il était né par une opération que le monde ne connaissait pas, que je n'en étais que le dépositaire, et qu'il devait mourir sans cependant cesser de vivre. Tout cela sortait de sa cervelle, et tout ce que je pouvais faire de mieux était d'en convenir. Mais elle soutenait qu'elle ne savait rien que par les révélations de son Génie qui ne lui parlait que la nuit. »

Mme d'Urfé a des nuits agitées, mais seulement psychiques. Le physique ne l'a pas convaincue. Elle n'est pas la seule de cette espèce, et la psychanalyse n'existe pas encore (on peut d'ailleurs se demander si elle serait efficace dans ce cas).

Casa est riche, d'où le coup de vieux. Il fait des cadeaux autour de lui, à Silvia Balletti, à Manon, son amour de cœur, qui va bientôt se lasser, et se marier de la façon la plus convenable. Que faire quand on est riche ? Prendre une maison de campagne, et voici La Petite

Pologne, dans les environs de Paris, qu'on appelle *Varsovie en bel air*. La cuisinière s'appelle *La Perle* :

« Le train de vie que j'y menais rendait célèbre la Petite Pologne. On parlait de la bonne chère qu'on y faisait. Je faisais nourrir des poulets avec du riz dans une chambre obscure ; ils étaient blancs comme la neige, et d'un goût exquis. J'ajoutais à l'excellence de la cuisine française tout ce que le reste des cuisines d'Europe avait de plus séduisant pour les friands... J'assortissais des compagnies choisies à des soupers fins, où mes convives voyaient que mon plaisir dépendait de celui que je leur procurais. Des dames de distinction et toutes galantes venaient le matin se promener dans mes jardins en compagnie de jeunes inexperts qui n'osaient pas parler, et que je faisais semblant de ne pas voir ; je leur donnais des œufs frais et du beurre... Après cela à foison du marasquin de Zara, etc. »

Attention : on va ouvrir, plus tard, des tas de restaurants *Casanova* un peu partout dans le monde (j'ai même vu un fast-food de ce nom à Prague), des livres seront en vente dans les grandes surfaces, recommandés par les magazines, et portant comme titre : « La cuisine de Casanova ». Casa est en train de devenir une *marque*. À tel point qu'il ouvre une manufacture de tissus imprimés sur soie, avec douze ouvrières qui, bien sûr, passent dans son lit en espérant faire fortune. Les femmes, dans l'ensemble, parlent de plus en plus de se *placer*, on les comprend sans peine. Il y a même une sombre histoire d'avortement manqué, racontée en détail, où Giacomo aide une Mlle XCV, Giustinienne Wynne, une Anglaise qu'il appelle « Miss », avec l'intention de la séduire. Une sage-femme portera plainte contre lui, il sera obligé de faire intervenir ses relations pour s'en sortir. La femme d'un boutiquier l'amuse un moment (« nous avons passé trois heures à faire des folies délicieuses »), mais, là encore, l'argent est en jeu : « La vie que je menais était celle d'un heureux, mais je ne l'étais pas. » Il parle de l'homosexualité du duc d'Elbeuf, sans tout nous avouer, puisqu'on a retrouvé dans ses papiers de Dux les notes suivantes non utilisées : « Mon amour du giton du duc d'Elbeuf », « Pédérastie avec Bazin et ses sœurs ; pédérastie avec X à Dunkerque ». Comme quoi il n'est pas l'hétérosexuel mécanique qu'on a fait de lui, et c'est justement pourquoi il est intéressant qu'il soit ce qu'il est en connaissance de cause. Scandaleux et insolite Casa.

Finalement, les affaires se gâtent (on dirait qu'il s'arrange pour ça). Giacomo est arrêté pour lettres de change contestées, là encore il faut faire jouer les coulisses : «Mon emprisonnement, quoique de peu d'heures, me dégoûta de Paris, et me fit concevoir une haine invincible contre tous les procès, que je conserve encore.»

L'argent et le pouvoir sont désirables, sans doute, mais ils *désenchantent*. La couleur philosophique de Casa, à cette époque, est loin du *Sequere Deum* :

«Tout est combinaison et nous sommes auteurs de faits dont nous ne sommes pas complices. Tout ce qui nous arrive donc de plus important dans le monde n'est que ce qui doit nous arriver. Nous ne sommes que des atomes pensants, qui vont où le vent les pousse.»

L'Allemagne ne réussit pas à Casa. Il y a bien une Mme X., à Cologne, qui est digne des beautés de l'Olympe de l'Arioste, mais il faut, pour la retrouver, des ruses de Sioux, se laisser enfermer dans une église, accroupi dans un confessionnal, attendre ensuite dans un escalier qui mène de la sacristie à son appartement, réduit rempli de rats où il faut séjourner cinq heures. En plus, il ne faut pas réveiller le mari qui dort à côté. La récompense est là, mais c'est cher payé. À Stuttgart, il perd constamment au jeu. Ça ne va pas. Passons en Suisse.

À Zurich, examen de conscience : « Une paix parfaite est le plus grand de tous les biens. »

« Occupé par cette pensée, je me couche, et des rêves fort agréables me rendent heureux dans des paisibles solitudes, dans l'abondance et dans la tranquillité. Il me paraissait de jouir dans une belle campagne, dont j'étais le maître, d'une liberté qu'on cherche en vain dans la société. Je rêvais, mais en rêvant même je me disais que je ne rêvais pas. Un réveil soudain à la pointe du jour vient me donner un démenti ; je me fâche, et déterminé à réaliser mon rêve, je me lève, je m'habille, et je sors sans me soucier de savoir où j'allais. »

Le ton, ici, est presque rousseauiste. On n'est pas trop surpris de voir Giacomo tomber sur une église et sur un moine tranquille qui lui montre une superbe bibliothèque : après tout, la vraie vie est peut-être là. Se faire moine ? Se marier ? Le libertin en difficulté doit se garder à droite comme à gauche. Ces questions reviennent de temps en temps dans l'*Histoire de ma vie.* «À mon âge, pense Casanova plus tard, mon indépendance est une sorte d'esclavage » :

« Si je m'étais marié avec une femme assez habile pour me diriger, pour me soumettre, sans que j'eusse pu m'apercevoir de ma sujétion, j'aurais soigné ma fortune, j'aurais eu des enfants, et je ne serais pas, comme je le suis, seul au monde, et n'ayant rien. »

En réalité, des enfants, il en a, mais ils sont confiés à d'autres. C'est ici le vieux bibliothécaire de Dux qui s'exprime, tout en ajoutant aussitôt : « Comme je suis heureux par mes souvenirs, je serais fou de me créer d'inutiles regrets. » Il est seul, oui, et il n'a rien, sauf sa plume.

Comme chaque fois qu'il doute de lui-même, Casa va tomber malade, mais cette fois il s'agit d'une vengeance organisée de femme, d'un véritable attentat. Il appelle ce personnage « la F. ». Elle l'attire dans l'obscurité, il croit en travailler une autre, et le lendemain elle lui écrit ceci :

« Sachez, monsieur, que depuis dix ans j'ai une petite indisposition dont je n'ai jamais pu guérir. Vous avez assez fait cette nuit pour l'avoir contractée ; je vous conseille de prendre d'abord des remèdes. Je vous en avertis pour que vous vous gardiez de la communiquer à votre belle, qui dans l'ignorance pourrait la donner à son mari, et à d'autres, ce qui la rendrait malheureuse, et j'en serais fâchée, car elle ne m'a jamais fait aucun mal ni aucun tort. »

Casa a beau répondre à cette femme exquise, tout droit sortie de Laclos, qu'elle a vérolé non pas lui mais son valet, la pilule est amère. Les maladies de ce genre, dit-il, sont des cicatrices qu'on gagne au combat. Il guérit, bien sûr (on n'en est pas encore au sida), et il ne devient pas moine. Quant au mariage, il aurait pu être question de la Dubois, qu'il appelle « ma bonne », ou « ma gouvernante ». Mais, comme il le fait de temps en temps avec une vraie générosité, il la mariera à un autre (non sans lui fabriquer, à sa demande, un fils en passant).

La Suisse est un pays masqué : Calvin d'un côté, les bains de La Matte, de l'autre. Dans cette véritable maison de débauche, deux servantes lesbiennes s'offrent en spectacle à Casa et à la Dubois :

« Elles commencèrent à faire ensemble la même chose qu'elles me voyaient faire avec la Dubois. Celle-ci les regardait très surprise de la fureur avec laquelle la servante que j'avais prise jouait vis-à-vis de l'autre le rôle d'homme. J'en étais aussi un peu étonné, malgré les fureurs que M. M. et C. C. avaient offertes à mes yeux six ans avant ce temps-là, et dont il était impossible de s'imaginer quelque chose de plus beau... Je me tourne, et la fille même, me voyant curieux, met devant mes yeux un clitoris, mais monstrueux et raide... Cela avait l'air d'un gros doigt sans ongle, mais il était pliant ; la garce qui convoitait ma belle gouvernante lui dit qu'il était assez tendu pour le lui introduire, si elle voulait bien le lui permettre, et cela ne m'aurait pas amusé. »

Une autre fois, peut-être. Au passage, une petite hypocrisie : « L'accouplement de ces deux jeunes filles, quoique comique, ne laissait pas d'exciter en nous la plus grande volupté. » Pourquoi « comique » ? Quel lecteur Casa veut-il ici ménager ?

Mais la Suisse, c'est surtout Genève, c'est-à-dire le Temple de la Réforme et de la Raison. Côté cour, les pasteurs, que Casa s'amuse à faire rougir en leur reprochant de croire, comme Calvin, que le pape est l'Antéchrist de l'Apocalypse. Côté jardin, le savant Haller, et, bien entendu, Voltaire.

Avec les pasteurs, Casa va s'amuser à donner une leçon de métaphysique concrète à une jeune théologienne de génie, Hedvige. Avec Voltaire, il se livrera à une démonstration de poésie. En coulisse, ce sera l'orgie permanente. Le tableau de la situation pourrait s'intituler : Venise, grâce à un seul homme, s'empare de

Genève. Ou encore : Rome, sous le voile du libertinage, triomphe du protestantisme. Ou encore : les secrets de la Contre-Réforme. Cette vieille guerre est d'ailleurs beaucoup plus actuelle qu'on ne croit.

À Lausanne, comme par hasard, Casa réfléchit sur la Beauté et la Forme (sa référence est le *Phèdre* de Platon) :

« Rien de tout ce qui existe n'a jamais exercé sur moi un si fort pouvoir qu'une belle figure de femme, même enfant. »

Il pense à Raphaël, aux portraits de Nattier. Qu'est-ce que la beauté ? « On n'en sait rien, on la sait par cœur. » Les grands peintres sont rares. « Le peintre qui n'est pas institué tel par Dieu, le fait par force. »

Le sexe est comme l'art : s'il est forcé, c'est de la mauvaise peinture ; et s'il est empêché, il n'y a plus de peinture du tout.

Casa arrive donc à Genève, il descend à l'auberge des *Balances*. Son cœur bat, car il occupe la même chambre que celle où il se trouvait autrefois avec Henriette lors de leur dernière nuit. Il s'approche d'une fenêtre, voit l'inscription tracée au diamant sur la vitre : « Tu oublieras aussi Henriette. » Il commente simplement : « Mes cheveux se dressèrent. » Chez lui, ils ne se dressent pas souvent. Mais bon, pas de superstition, allons visiter Voltaire.

M. de Voltaire, ici, n'a pas bonne réputation. Son humeur caustique irrite les Suisses. Les comédiens qu'il emploie sont mécontents : il leur reproche de mal prononcer, de ne pas rire comme il faut, de faire semblant de pleurer. Bref, il est « insolent, brutal, insupportable ». Le sage Haller dit à Casa que Voltaire est plus grand de loin que de près et comme Voltaire, devant Casanova, fait l'éloge de Haller, Giacomo lui fait remarquer que le grand savant n'est pas aussi gentil avec lui. « Ah, dit Voltaire, il se peut que nous nous trompions tous les deux. »

Voltaire, chez lui, a toujours le mot qu'il faut, les rieurs de son côté, une cour d'admirateurs à ses ordres. On vient le voir d'un peu partout, on lui écrit de l'Europe entière. Casa se pré-

sente comme il sort de table, et lui dit qu'il est
« son écolier depuis vingt ans ». Très bien, lui
répond Voltaire, continuez à l'être encore pendant vingt ans, et n'oubliez pas de m'envoyer
mes gages.

À partir de là, ils dialoguent (et Casa est un
merveilleux écrivain de dialogues). La discussion est surtout littéraire. Giacomo sort son
arme favorite, l'Arioste, le *Roland furieux*. Il veut
faire entendre à Voltaire (et à nous, lecteurs
hypothétiques d'un lointain avenir) que le plus
grand écrivain de son temps n'est pas, en poésie, à la hauteur des hauts modèles du passé,
Homère, Dante. L'auteur d'*Œdipe* n'aime pas
La Divine Comédie ni Shakespeare. C'est un tort.
La poésie, mon cher Maître, ce n'est pas la tra-
gédie convenue, la versification ni les traits
d'esprit, c'est d'abord la passion, l'enthousiasme, l'amour, bref, une affaire très physique.
La preuve ? Écoutez le chant XXIII du *Roland*, je
vous le récite, et, à la fin, je pleure vraiment.
Je vous rappelle aussi, à tout hasard, puisque
nous sommes à Genève, que Léon X, autrefois,
a décidé d'excommunier tout individu qui n'aimerait pas l'Arioste.

Casa, en somme, se flatte d'élargir le goût
de Voltaire, attitude qui n'est pas seulement

«patriotique». Il tient à faire le panégyrique de l'inspiration et du feu, on comprend pourquoi. En réalité, comme presque toujours, il est *en avance*.

L'autre discussion, avec le philosophe qui va devenir officiel (Rousseau, ici, n'est pas dans la course : on est allé le voir, avec Mme d'Urfé, on l'a trouvé embarrassé, maussade), est d'ordre politique. Le ton devient plus âpre. Faut-il critiquer le gouvernement de Venise ? Non, répond Casa, à notre grand étonnement (et il faut dire qu'il a du mérite). Voltaire : peut-on libérer l'humanité de la superstition, cette «bête féroce» qui la dévore ? Casanova : vous ne parviendrez jamais à la détruire, elle est inévitable, et peut-être nécessaire, voilà ce que la philosophie passée à l'épreuve du boudoir enseigne. Voltaire dit qu'un peuple sans superstition serait philosophe ? Oui, dit Casa, mais cela signifierait qu'il n'obéirait plus (sous-entendu : que tout le monde serait devenu lucide sur la dimension sexuelle). La souveraineté populaire, qui paraît juste et désirable, n'est peut-être qu'une illusion démagogique répandue par de mauvais philosophes, et donc une escroquerie cléricale de plus. Votre première passion, dit Casa à Voltaire, est l'amour de l'humanité : cette passion vous aveugle (en réalité, Voltaire est beaucoup plus pessimiste, et Casa attaque, là, plutôt le

« voltairianisme » ultérieur). Méfiez-vous de ne
pas devenir un Don Quichotte à l'envers, la raison absolutisée pouvant être un autre tour de
folie. Vous dites que le gouvernement de la
Sérénissime République est un despotisme ?
Soit, mais moi, Casa, « j'avais exagéré ». La
liberté que permet Venise est ce qu'il y a de plus
supportable sous une autorité aristocratique.

On voit le chemin parcouru par Casa depuis
qu'il court à travers l'Europe (France, Hollande, Allemagne, Suisse). Il est sur ses gardes
(instruit, aussi, par la suite des événements,
c'est-à-dire par la victoire du rousseauisme
moral et de la pruderie régressive). C'est lui,
l'évadé de prison, condamné pour athéisme,
qui *prévient* les deux siècles à venir. La réalisation des désirs a ses raisons que la raison doit
apprendre à connaître. L'Arioste m'a permis
de m'échapper, mais êtes-vous sûrs de ne pas
vous enfermer en méconnaissant l'Arioste ?
Casa dit cela en filigrane à l'auteur de *La
Pucelle*, ouvrage amusant, sans doute, mais qui
n'est quand même pas à la hauteur de l'*Odyssée*
ou de *Hamlet*. Le point de vue de Giacomo est
d'autant plus intéressant qu'il n'est pas, on s'en
doute, un fanatique de Jeanne d'Arc. Enfin,
bon, contentons-nous de prouver à Voltaire

que nous pouvons lui réciter l'ensemble de l'œuvre d'Horace. Le prince de Ligne le note : personne ne connaît mieux les classiques que Casanova, et on pourrait dire qu'après avoir eu l'air dépassé (ou démodé), il se retrouve soudain de nos jours, et pour cette raison, même, *d'avant-garde.*

La poésie, l'orgie. L'une ne doit pas être séparée de l'autre. À Genève, avec un complice local (un syndic bon vivant et voyeur), Casa s'enferme le soir avec trois jolies filles, dont l'une s'appelle Hélène. On met des préservatifs, bien sûr, par peur des grossesses. Voltaire, dans son château, est un grand homme, il est « railleur, goguenard, caustique » et sa nièce et maîtresse bourgeoise, Mme Denis, est très gentille, mais enfin les nuits, pour un garçon encore jeune comme Giacomo, manqueraient chez lui de poésie. On est mieux dans un bordel aménagé, avec trois nymphes. Pas de poésie sans orgie, donc. Et, de même, pas d'orgie réussie sans poésie (sinon, on tombe au-dessous de la prose, et tout devient réaliste, c'est-à-dire misérable). L'art de jouir est un art poétique, et réciproquement. De l'audace, du goût, du feu, une table, de la nourriture, du vin, un lit, et le sens du rythme.

C'est pourquoi les discours superficiels sur « Casanova et le plaisir », ou encore sur « le libertinage au XVIIIᵉ siècle », tenus aussi bien par le cinéma et les magazines que par des écrivains ou des universitaires médiocres (on ne voudrait pas les avoir comme partenaires dans une orgie, il suffit de regarder leur allure), sont tellement à côté de la plaque. Ils ne font que refléter la misère sexuelle d'*aujourd'hui* et sa nostalgie d'un « âge d'or » où ces mêmes discours auraient fait piètre figure. On écrit de mauvais romans sinistres, on tourne, sans y entrer, autour du château intérieur. Il y a maintenant une cléricature de l'érotisme, aussi pesante et ridicule que celle de la censure. Toute une mauvaise littérature fleurit sur ce marché contrôlé de dupes, le principe étant de faire croire que tout le monde est doué pour la sexualité, comme pour la peinture ou la musique. Cela s'appelle noyer le poisson, et, en l'occurrence, le poisson s'appelle Casanova, ou Laclos, ou Sade. Chacun, ou chacune, ouvre sa boutique à fantasmes, en général étroite et commandée par la crédulité ambiante. Il y a ainsi des fonctionnaires et des commerçants (sans parler des policiers) qui croient sincèrement que Casanova est un auteur de cul (comme ils disent). Poissonnerie sans poisson, miroitement plombé d'ignorance et de bêtise.

Casanova a fait de son évasion des Plombs l'or de sa prose. Il peut être ce qu'il veut : dragueur, branleur, baiseur, flirteur, pénétreur, jouisseur, mais tout, chez lui, paraît naturel, normal. C'est nous qui en faisons une affaire. C'est nous qui séparons, fixons, étiquetons, bornons, retardons. C'est nous qui faisons semblant d'aimer Casanova en le détestant, comme la photographie kitsch envie la peinture.

À quoi bon des libertins en temps de détresse ? Ils sont comme les poètes disparus, dont on ne sait pas s'il en reste un seul portant le feu dionysiaque dans la nuit sacrée. Mais soyons sérieux : la question est désormais résolument clandestine, ou rien. On peut à la rigueur, pour avoir la paix, laisser croire qu'on est paillard, obsédé, pervers : telle est la demande sociale. Fermons plutôt les volets et les portes, revenons à l'art de la *composition*.

Le siècle des Lumières, c'est à la fois Bach, Mozart, Sade, Casa. Ces gens ont un *temps fou*, une durée à n'en plus finir. Ils se répètent, ils fuguent, ils varient, ils accumulent, ils sautent, ils sont dans ce que Heidegger, dans une magnifique formule, appelle «l'inépuisable au-delà de tout effort». Comme les fleuves, comme la nature, à l'instant. Ils jettent l'argent ou le génie par les fenêtres, le «fluide corporel» aussi. A-t-on vu le Verbe se fatiguer? Les humains oui, eux jamais. Rien de moins regardant, ruminant, *économe*. On a l'impression qu'au moins quinze siècles antérieurs ont soudain voulu s'épancher. On assiste à un orgasme de Temps, qui se manifeste logiquement par le triomphe de l'individuation, le rayonnement d'une intense minorité plurielle.

Nietzsche a vu cela dans la fête française de l'époque: un splendide lever de soleil *pour rien*, le retour et même le dépassement du miracle grec. La fête, le bordel, l'intrigue, l'esprit, l'amour, l'humour, le déplacement incessant, la rapidité, le courage, la légèreté, le profond sérieux de la jouissance et de l'expérience. On a voulu punir ce débordement : c'est fait. Il était aristocratique et populaire, c'est-à-dire en réalité *féminin*. Ce qu'on vend aujourd'hui le plus souvent sous le nom de femmes aurait accablé d'ennui ou de rire les contemporains de Mozart.

Quand Casa nous dit qu'il a «scellé de son sang» un dernier coït (quelle horreur, me dit ma voisine), ou qu'il a passé cinq heures à faire l'amour (quelle horreur, quelle horreur), il plaisante peut-être un peu, il en rajoute, mais à peine. Le lit comme théâtre d'opérations ? De quoi déclencher des cyclones de ressentiment. «Allons nous coucher», dit Casa à ses partenaires féminines qui, en général, ne demandent pas mieux (quelle horreur). Le lendemain, argent et voiture. On sent glisser les bijoux, les sequins, les louis, les ducats, les florins, les guinées, les euros. Le monde est une roulette de mots, de monnaie, de musique, plus proche du crépitement des ordinateurs que du coffre bourgeois ou petit-bourgeois. Il n'y a aucune raison de suivre ici les différentes propagandes apocalyptiques : le XXIe siècle sera dix-huitiè-miste, ou ne sera pas. Une immense ironie nous attend, en considérant l'ensemble de l'histoire humaine. De l'amour aussi : il ne s'agit pas de dérision ni de rabaissement, mais d'être à la mesure du roman.

Casa s'amuse de la vie, qui s'amuse avec lui. Il rencontre à Chambéry une religieuse qui ressemble à M. M., et qui porte le même prénom qu'elle. Il y a donc maintenant, dans le récit, une M. M. 1 et une M. M. 2. Casa offre le portrait de M. M. 1 à M. M. 2 ? On voit que l'équation se complique.

M. M. 2 est résolument lesbienne, et flatte Giacomo en ces termes : « Je t'aime tant que je suis fâchée que tu ne sois pas une femme. » Elle essaye pourtant sur lui quelques préservatifs, on avance. Cette fois, c'est douze heures d'affilée au lit, ce qui se comprend pour une M. M. *au carré*. Casa repassera plus tard par Chambéry, reverra sa deuxième religieuse à la grille de son couvent, et constatera qu'elle s'entend on ne peut mieux avec une petite fille de douze ans, qui se laisse palper par lui à travers la clôture, avant d'examiner avec curiosité son Verbe et de le *communier* :

« Par sentiment de reconnaissance, j'ai collé mes lèvres sur la bouche délicieuse qui avait sucé la quintessence de mon âme et de mon cœur. »

Un rapport de police parlerait ici de fellation. Un écrivain d'aujourd'hui écrirait : «Elle me suça la bite» ou «Elle me fit une pipe». Aucun rapport.

(À Washington, devant le Grand Jury qui l'interroge, une stagiaire avoue avoir eu avec le président des États-Unis d'Amérique des «relations sexuelles d'un certain type». Elle donne, paraît-il, des détails. Je vais, en conséquence, lui faire envoyer l'*Histoire de ma vie*, et ce livre.)

Casanova, en bon compositeur, découvre peu à peu la puissance de la fugue. De même qu'il se dote de deux M. M., il y aura aussi deux Thérèse. Thérèse 2 n'est autre que Bellino retrouvé, après quinze ans, à Florence. Littérairement, c'est l'effet *Comédie humaine* et *Recherche du temps perdu* : le retour des personnages signe la maîtrise de la durée par l'écriture. Et, ici, la surprise est de taille. On se souvient que Thérèse 1 a une fille de Casa, Sophie, six ans. Mais Thérèse 2 (ex-Bellino) se présente, mariée, avec un fils de quinze ans : Cesarino. Il ressemble terriblement à son père, Giacomo Casanova lui-même. Ce fils est musicien, il joue du clavecin, il est élevé à Naples. Tout le monde dîne gaiement, et «voilà une des plus heureuses journées de ma vie», note ce curieux célibataire déjà géniteur de trois enfants au moins (en comptant celui qu'il vient de faire à la Dubois). Sur ce point, il me semble que les chercheurs ont encore beaucoup de travail devant eux : *où sont passés les descendants génétiques de Casanova?* Que sont-ils devenus? Qui ont-ils engendré à leur tour, et jusqu'à nos jours?

Difficile, au fond, d'être plus surréaliste que Casa. Ce libertin philosophe, patriarche masqué, est maintenant à Avignon sur les traces de Laure de Sade :

«Un Italien qui a lu, entendu et goûté Pétrarque doit être curieux de voir l'endroit où ce grand homme est devenu amoureux de Laure de Sade.»

Et de citer ce vers de Pétrarque, pour lui un des plus beaux qu'on ait écrits :

«*Morte bella parea nel suo viso*, la mort paraissait belle sur son visage.»

Imaginons ici (c'est chronologiquement possible) un jeune homme de vingt ans, lui aussi pèlerin en ce lieu : le marquis de Sade. Les deux visiteurs se saluent et se croisent. Sade, en prison, raconte qu'il a vu son ancêtre, Laure, en rêve, venir le consoler de ses malheurs. Casa et Sade ne parlent jamais l'un de l'autre, mais ils ont très bien pu se rencontrer à Paris, ou ailleurs. Ils sont en tout cas présents, par écrit, côte à côte, ici et maintenant, au soleil, sur ma table.

« La mort paraissait belle sur son visage. » Une belle femme participe aussi à cette excursion, mais elle croit se rendre intéressante en prenant un air triste (en réalité, murmure quelqu'un, c'est une « putain infatuée »). Casa lui adresse ce compliment :

« La gaieté, madame, est le partage des bienheureux, et la tristesse est l'image affreuse des esprits condamnés aux peines éternelles. Soyez donc gaie, et méritez ainsi d'être belle. »

Autre formule de Casa à une jeune amie : « Sois gaie, la tristesse me tue. »

Les *réprouvés* sont tristes. Ils veulent sourdement vous tuer, y compris, parfois, en se tuant eux-mêmes. Ce sont des forcenés moroses de la volonté de volonté : plutôt vouloir rien que ne rien vouloir.

En amour, Giacomo est rarement «nul», c'est-à-dire en état de fiasco (comme dira Stendhal, souvent gêné, lui, par son physique et les effets de la cristallisation amoureuse). Mais enfin, «à trente-huit ans, je commençais à voir que j'étais souvent sujet à ce fatal malheur». Une pilule de Viagra, Casa? De Tigra? Non, merci, j'ai encore quelques chapitres à écrire.

Le pape, lui aussi, revient, mais cette fois sous un autre nom. De Benoît XIV on est passé à Clément XIII. Casa va le voir, se fait décorer par lui de l'ordre de l'Éperon d'Or (Mozart obtient lui aussi cette distinction), insigne de plus en plus insignifiant, mais dont il est très fier. Le pape assure le chevalier de Seingalt de son «affection singulière», et écoute avec bienveillance son souhait de pouvoir rentrer à Venise. C'est en effet le moment où Giacomo s'interroge. Rentrer? Se marier? Avec la petite Mariuccia, par exemple? Mais non, voici une autre conquête, Léonilde, dont il va apprendre un peu plus tard, à Naples, qu'elle est sa fille. Décidément les enfants déboulent de partout, le temps passe, il y en avait trois, en voici un autre. Une autre, plutôt, avec qui l'inceste a été consommé sans qu'il s'en doute.

Léonilde est la fille de Lucrèce, que nous avons déjà rencontrée. Casa se réenflamme pour la mère, nous avons droit à une scène inévitable. Elle commence par ce récitatif sublime, de la mère à la fille :

« C'est ton père. Va l'embrasser, et s'il a été ton amant, oublie ton crime. »

Les voici tous les trois plongés « dans la douceur d'un riant silence ».

(Ici, un air de Mozart, tiré, par exemple, de *Cosi fan tutte*.)

Une ancienne maîtresse encore désirable, et sa fille, qui est aussi la mienne, dont je viens de faire ma maîtresse ? Au lit.

Léonilde regarde avec curiosité ses parents faire l'amour : « C'est donc comme ça, me disait-elle, que tu as fait, il y a dix-huit ans, quand tu m'as engendrée ? »

Non, ce n'est pas exactement comme ça. En effet, pour « épargner » Lucrèce, Giacomo vient de se retirer :

« Léonilde, émue à pitié, aide d'une main le passage à la petite âme de sa mère, et de l'autre elle met un mouchoir blanc sur son père qui se distillait. »

Il fallait trouver le mot *distiller*.

Ce n'est pas fini : Lucrèce, probablement piquée au vif par ce détournement, veut que

206

Casa recommence, et le prie d'aller jusqu'au bout (jusqu'au «sang») pour lui faire «une autre Léonilde».

Ouf, n'en jetez plus. Repos.

De nouveau à Rome, Casa assiste à la «plus infernale débauche», qui, dit-il, lui permet de «faire plus ample connaissance avec moi-même». Il est obligé de garder l'épée à la main pour ne pas se faire sodomiser. Son peu de goût pour cette pratique apparaît à cette occasion (personne n'est parfait). Quand il parle de «pédérastie», il faut comprendre masturbation réciproque ou conjointe. Certains amateurs pensent qu'il y aurait beaucoup plus à trouver de ce côté-là. Mais on peut supposer que l'autre côté, par son déferlement incessant, les dérange. Les scènes avec deux femmes, en revanche, sont très fréquentes, et s'il faut à tout prix cataloguer les goûts de Casa on le décrira non pas comme «lesbien», mais certainement comme très bien vu des lesbiennes. C'est une nuance, mais elle a son poids. Bien entendu, il faut souligner le retour périodique des excitations à la faveur des travestissements, tout à fait dans les habitudes de l'époque (Mozart, encore). Ainsi pour un castrat :

« On s'y arrêtait, le prestige agissait, et il fallait en devenir amoureux, ou être le plus négatif de tous les Allemands. »

L'homosexualité, c'est la « manchette ». Pas de jugement négatif, mais un regard lucide sur les chambres du clergé romain (et non pas sur les caves du Vatican). Les castrats, on le sait, ont été longtemps les messagers de la musique des sphères papales. Le retour lumineux de la musique baroque nous baigne dans cette dimension.

Résumons : jolies filles déguisées en hommes, ou castrats éblouissants comme de jolies filles. En y ajoutant la « jeune débutante » entre douze et dix-huit ans, on a l'essentiel de la distribution des rôles dans l'opéra de Casa. J'allais oublier la religieuse, personnage désormais moisi, et la belle femme, si on peut dire, *tout court.*

On est hétérosexuel, disait Lacan, quand on aime les femmes, qu'on soit un homme ou une femme. Beaucoup de femmes, de ce point de vue, ne sont pas hétérosexuelles, et beaucoup d'hommes qui croient l'être, non plus. Casanova, de ce point de vue, clarifie grandement la question. C'est un héros de la connaissance. Il le savait, d'ailleurs, sans quoi il n'aurait pas pris la peine d'être à ce point complet et précis. Il est, dans l'histoire de la Métaphysique, le premier à traiter son corps comme une expérience. La Métaphysique est très surprise : elle avait l'habitude de regarder *ailleurs*.

Une des ruses de Casanova est de nous parler de la folie de la marquise d'Urfé, sans nous dire ce qu'il fait, lui, pendant tout le temps qu'il s'enferme avec elle pour nourrir ses élucubrations. Cabale, pyramides, culte des Génies planétaires, tout cela lui prend beaucoup de temps, et comme il n'y croit pas une minute on pourrait supposer qu'il s'ennuie. Certes, il gagne sa vie, puisque le jeu ne suffit pas à sa dépense. Mais surtout, selon moi, il s'*entraîne*. Ce sont ses moments de sérieux simulé, exercices de mémoire et de récitation, ascèse particulière. Il poursuit ainsi, sous couvert d'alchimie, son alchimie à lui. L'écrivain qu'il est, et qu'il sera, doit beaucoup à cette discipline.

Mme d'Urfé s'impatiente un peu. Où en est l'opération qui doit la faire renaître et changer de sexe ? Ah, dit Casa, pas de chance, le chef des Rose-Croix est en ce moment en prison à Lisbonne, aux mains de l'Inquisition. Il faut que j'aille à Augsbourg, près du Congrès qui doit se tenir là-bas, mais, pour cela, j'ai besoin de lettres de crédit, de cadeaux à distribuer, je ne sais pas, moi, des montres, des tabatières, pour «séduire les profanes». De passage à Paris, il se promène avec la marquise au bois de Boulogne. Il lui a prétendu un peu plus tôt que le comte de Saint-Germain devait être dans les parages, et elle ne l'a pas cru. Tiens, justement, le voici au détour d'une allée. Il se dérobe. Mme d'Urfé va vérifier auprès de Choiseul : mais oui, c'est vrai, Saint-Germain était toute la nuit dans le cabinet du ministre, on l'emploie comme espion à Londres. Entre une folle totale qui dialogue avec Anael, Génie de Vénus, et le sommet du pouvoir, il y a donc correspondance. Sexe, argent, politique, espionnage, voyance : qui osera dire que les temps ont changé ?

L'Allemagne, pays négatif pour Casa. Mais enfin, soyons juste :

«J'étais dans une crise; c'était une époque où mon fatal génie allait crescendo de sottise en sottise.»

«Je jouais tous les jours, et perdant sur parole, l'embarras de devoir payer le lendemain me causait des chagrins croissants.»

210

Il se punit vite : vérole sévère, diète, bains, frictions mercurielles, opération, hémorragie. De Munich à Augsbourg, chemin de croix pour Jacques Casanova. Mais le voilà bientôt reparti comme un diable : «À peine ma santé rétablie, oubliant tous mes malheurs passés, je recommençai à me divertir.»

Il fait la connaissance de Lamberg, qui restera un de ses plus fidèles amis (on possède ses lettres). Une orgie dans une auberge avec une Strasbourgeoise, et tout va de mieux en mieux, puisqu'il peut accomplir le «Grand Œuvre». À Augsbourg, un bourgmestre lui demande pourquoi il a deux noms, Casanova et Seingalt. Selon ce bon fonctionnaire, l'un des deux noms doit être vrai, l'autre faux. Pas du tout, lui répond Casanova, les deux sont aussi vrais que moi qui vous parle :

«L'alphabet est la propriété de tout le monde ; c'est incontestable. J'ai pris huit lettres, et je les ai combinées de façon à produire Seingalt. Ce mot ainsi formé m'a plu et je l'ai adopté pour mon appellatif...»

Après tout, Voltaire n'a pas procédé autrement. Les casanovistes nous disent que Casa, pour se renommer, a pensé au nom de l'érudit danois Snetlage à qui il adresse en 1797 sa fameuse lettre sur la langue française. Seingalt serait l'anagramme de Snetlage. Mais je préfère ma lecture : *Seing*, signe, signature, *alt*, comme altesse, du latin *altus*, haut. Je suis de haute et noble signature comme d'autres sont de haute naissance. Je suis né *aussi*, et même *plutôt*, de l'alphabet, par un acte libre de mon goût et de ma volonté. Je me suis cabalisé moi-même, cher fonctionnaire.

Mais enfin, reprend logiquement le type, votre nom ne peut être que celui de votre père ? À quoi Casa répond :

« Je pense que vous êtes dans l'erreur, car le nom que vous portez vous-même par droit d'hérédité n'a pas existé de toute éternité : il a dû être fabriqué par un de vos ascendants qui ne l'avait point reçu de son père, quand bien même vous vous appelleriez Adam. »

Mais enfin, mais enfin, dit le policier, vous convenez qu'il y a des lois contre les faux noms ?

«Oui, contre les faux noms; mais je vous répète que rien n'est plus vrai que mon nom. Le vôtre, que je respecte, sans le connaître, ne peut pas être plus vrai que le mien; car il est possible que vous ne soyez pas le fils de celui que vous croyez votre père.»

Le bourgmestre sourit, il a peut-être de bonnes raisons pour cela. En réalité, il est ahuri devant l'aplomb du chevalier de Seingalt (Chevalier : *caballus*, cabale, et aussi chevalerie du Moyen Âge). Casa, ici, nous dit beaucoup de choses à la fois. D'abord qu'il a sans doute une naissance autre et plus haute que celle qu'on croit. Ensuite que cela n'a aucune importance, puisque la génétique ne prouve rien et ne permet rien *a priori*. Ensuite qu'un écrivain (au sens très spécial qu'il donne à ce mot) est tout entier dans le nom qu'il se donne (même s'il est identique à celui de son géniteur). Écrire, c'est *couper* dans la chaîne biologique ou généalogique, acte de liberté, exorbitant, et, pour cette raison, très surveillé. Le *français*, comme par hasard, comporte, chez ses écrivains, un nombre impressionnant de renommés par eux-mêmes : Molière, Voltaire, Céline, Lautréamont, Nerval, Stendhal, et j'en passe.

D'où venons-nous ? De notre capacité à *nommer*. Le reste est mélange, illusion, Babélisation, magma, trafic, mensonge féminin nocturne, hasard, calcul de laboratoire, ou coulisse de clinique, clonage risqué, carte d'identité, *empreinte*, obsession d'existence délivrée par d'autres, querelle d'héritage, vérification policière, religion raciale, tatouage imposé, numéro fiché, rafle possible, camp probable, charnier programmé, cimetière sous la lune, cendre dispersée, communauté de fable. Chevalier seul de son Ordre, Sage à l'Écriture (comme le responsable de la Guerre à Venise), Seingalt s'appelle *aussi* Casanova, lequel, ne l'oublions pas, se fait parfois adresser sa correspondance au nom de M. Paralis. Votre numéro de Sécurité sociale, monsieur ? Vos diplômes ? Votre lieu de travail ? Votre femme ? Vos enfants ? Votre employeur ? Votre religion ? Votre ethnie ? Votre ADN ? Bon, ça va, circulez, vous me donnez la migraine.

Le 31 décembre 1761, Casa débarque à Paris, où la marquise d'Urfé l'installe dans un très bel appartement, rue du Bac. On passe aux choses sérieuses. La marquise s'appellera bientôt *Séramis*, et Casa (on enchaîne sur Seingalt) *Galtinarde*. L'*Histoire de ma vie* est aussi un conte de fées écrit par Casanova l'Enchanteur, un roman épique avec démons malfaisants et alliés imprévus, sorcières ou divinités protectrices. Chanson de Roland, Roland furieux, Giacomo luxurieux. Mais dans toute vie, bien considérée, on peut dire qu'il y a les Bons et les Méchants, les fidèles, les félons, les honnêtes, les escrocs, les traîtres. Casa se tient toujours à la frontière entre le merveilleux et le réel, le fantastique et le vérifiable. La raison supérieure est une navigation à vue entre folie et raison. Trop dans un sens, et c'est l'embardée des chimères. Trop dans l'autre, c'est l'ennui. Casa mise, « taille », parie, remet en jeu, tente sans arrêt la chance. Sa jouissance est une question d'intuition.

Le culte rendu aux Génies des sept planètes, dit Casa sans rire à la marquise, révélera le lieu où il pourra trouver une vierge, fille d'adepte, qu'il doit féconder d'un garçon « par un moyen connu des seuls frères Rose-Croix ». Pour maîtriser l'imaginaire féminin, rien de tel que les histoires de fécondation :

« Ce fils devait naître vivant, mais seulement avec une âme sensitive. Mme d'Urfé devait le recevoir dans ses bras à l'instant où il viendrait au monde, et le garder avec elle sept jours dans son propre lit. Au bout de ces sept jours, elle devait mourir en tenant sa bouche collée à celle de l'enfant qui, par ce moyen, recevrait son âme intelligente. Après cette permutation, ce devait être à moi de soigner l'enfant avec le magistère qui m'était connu, et dès que l'enfant aurait atteint sa troisième année, Mme d'Urfé devait se reconnaître, et alors je devais commencer à l'initier dans la connaissance parfaite de la grande science. »

Avec ce genre de *permutation* et de *régénération*, on va quand même plus loin que le roman pastoral *L'Astrée*, du génie de la famille, Honoré d'Urfé. C'est donc aussi, pour Casa, une victoire *littéraire*. N'oublions pas un détail : la marquise doit faire un testament pour instituer héritier universel l'enfant dont Giacomo doit être le tuteur jusqu'à l'âge de treize ans :

« Cette sublime folle trouva que cette divine opération était d'une vérité évidente, et elle brûlait d'impatience de voir la vierge qui devait être son vase d'élection. »

La flûte enchantée de Casanova va réparer la grande injustice divine du christianisme qui a fait engendrer un fils à la Vierge Marie. Pourquoi pas une fille ? C'est tout le problème. Renaître en garçon, quelque part entre la Scientologie et le Temple Solaire, avec l'aide des Rose-Croix, est la solution.

Casa, après avoir monté ce scénario pour gagner du temps (il en changera en cours de route), a cette phrase merveilleuse : « Je vis que j'avais besoin d'une friponne qu'il fallait que j'endoctrinasse. »

Ce sera la Corticelli.

Il l'a connue autrefois à Florence :

« Elle avait treize ans, et elle n'en montrait que dix ; elle était bien faite, blanche, gaie, drôle, mais je ne sais pas ni comment ni en quoi j'ai pu en devenir amoureux. »

Le temps a passé, Lolita Corticelli doit jouer un rôle majeur dans l'opéra de Casanova. Elle accepte, il y a de l'argent à gagner. Elle devient donc, par coup de baguette magique, comtesse de Lascaris, rejeton de la célèbre famille ayant régné à Constantinople. C'est loin, peu vérifiable, exactement ce qu'il faut.

La marquise reçoit la petite troupe dans son château de Pont-Carré, s'émerveille devant « la vierge Lascaris » (elle n'entend pas *lascar* dans Lascaris), la déshabille, la parfume, lui met un voile, et assiste à l'opération organique menée par Casa qui doit la faire renaître. Rien de « sexuel » dans tout ça, *bien entendu,* mais le jeu est très habile. D'où viennent les enfants ? De la scène primitive. L'obscénité est gommée, la curiosité satisfaite, le plaisir pris en secret.

L'opération sera évidemment manquée, la Corticelli essaiera de faire chanter le charlatan Casa, obligé de la faire passer pour folle, et peut-être « grosse d'un gnome », dans le style *Rosemary's Baby.* Tout ce que dira la Corticelli pour dénoncer Giacomo prouvera à quel point elle est possédée par les adversaires de la mission rédemptrice. Qu'importe, dit Casa, nous referons ça à Aix-la-Chapelle. Pour l'instant, la cabale est formelle, vous devez, vous, marquise, écrire à la lune, c'est-à-dire au Génie *Sélénis* :

« Cette folie, qui aurait dû la ramener à la raison, la combla de joie. Elle était dans un enthousiasme d'inspirée, et je fus certain alors que lors même que j'aurais voulu lui démontrer le néant de ses espérances, j'y aurais perdu mon latin.

218

Elle aurait tout au plus jugé qu'un génie ennemi m'avait infecté et que j'avais cessé d'être un parfait Rose-Croix. Mais j'étais loin d'entreprendre une cure qui m'aurait été si désavantageuse, sans lui être utile. D'abord sa chimère la rendait heureuse, et sans doute le retour à la vérité l'aurait rendue malheureuse. »

Il est extraordinaire que Casanova emploie ici le mot *cure*. C'est comme s'il disait que Mme d'Urfé est décidément inanalysable, ou, mieux encore, que quelque chose d'une femme est à jamais extérieur à toute raison. Toutes les religions savent ça, les sectes aussi, comme la Société en son Spectacle. On voit aussi qu'il a décidé d'écrire une sorte de *Don Quichotte* à l'envers : Sancho serait philosophe et accompagnerait le Chevalier errant dans ses visions pour le rendre heureux. Il lui proposerait des géants sous forme de moulins à vent, et autres histoires. La leçon implicite de ce renversement va très loin.

Le chevalier de Seingalt, lui, n'erre pas. Il commet une malversation, soit, il s'en explique. Il ne précise pas la nature de ses rapports physiques avec Mme d'Urfé, mais elle saute aux yeux. Il se coupera, même, plus tard, en disant à Marcoline, son assistante dans un autre scénario où il doit faire l'amour avec la marquise, que, *cette fois*, c'est plus difficile. Cette fois : il s'est engagé à lui faire un enfant mâle, et elle a soixante-dix ans (en réalité cinquante-huit). Belle, mais vieille. Quel travail. Pour l'instant, on va l'emmener se baigner avec des aromates et des conjurations hors de la ville, en entrant dans la baignoire avec elle avec une lettre dissimulée dans la main «écrite en cercle et en caractères d'argent sur un papier vert glacé». La lettre se révèle dans l'eau, c'est prodigieux, le Génie de la Lune répond en personne, et donne rendez-vous aux pèlerins pour le printemps suivant.

Pas un jour sans jeu ni amour.

Pas un jour non plus sans méditation.

Regardons-le, le vieil ermite de Dux, encore tout frémissant de jeunesse, s'installant à sa table de travail. Du matin au soir, et encore la nuit, il écrit. Dehors, c'est l'hiver, il neige. Ou bien la chaleur de l'été envahit le château. Peu à peu, les scènes se lèvent et se découpent dans son récit. Comment était ce duel à mort, un soir, cartes en main, au moment où il croyait, épuisé, tomber de sa chaise? Ah oui, une réflexion idiote a suffi à déstabiliser l'adversaire au moment où celui-ci revenait des toilettes :

« Ma ruse me réussit parce qu'elle n'était pas étudiée, qu'elle ne pouvait pas être prévue. Il n'en est pas autrement du général d'armée, une ruse de guerre doit naître dans la tête d'un capitaine de la circonstance, du hasard et de l'habitude à saisir promptement les rapports et les oppositions des hommes et des choses. »

La repartie, la botte, la saillie, la présence d'esprit. On se fend, on riposte, on touche. C'est l'éclair. Il repense à cette réflexion du grand Frédéric de Prusse : « L'ennui est un siècle, la mort n'est qu'un moment. » On écrit pour ne pas s'ennuyer et ne pas devenir fou. La dernière ligne appartient à la mort, sans doute, mais il faut qu'elle soit obligée de ratifier tout le reste.

Parfois, il rêve. Il voit, dans son sommeil, une masse de lumière, « toute remplie d'yeux, d'oreilles, de pieds, de mains, de nez, de bouches, de parties génitales de l'un et de l'autre sexe, et d'autres corps dont les formes m'étaient inconnues... L'harmonie qui sortait de ce phénomène me ravissait... »

Casa est rempli de joie. Ça se comprend : il voit Dieu, et se met à dialoguer avec lui. Dieu lui dit des choses épatantes, comme : « Je suis sur la raison humaine comme un globe d'ivoire parfaitement sphérique qui ne peut pas rouler sur le plan où on le pousse faute de la netteté et de l'égalité de la surface. » Ou encore : « Si je me comprenais, je ne serais pas infini. » Ou encore : « L'examen de mes attributs a engendré l'incrédulité, et l'orgueil allié à l'ignorance l'a soutenue et la soutient. »

De temps en temps, Dieu dit au dormeur de se retourner, et continue ses révélations. Ainsi, on apprend que l'athéisme ne lui fait ni chaud ni froid, pas plus que les superstitions et les passions humaines. Sois juste, dit-il à Casa, et cela suffira. Au demeurant, «la bonne philosophie n'étant le partage que d'un sur cent mille, il s'ensuit que le mal moral dans le monde est cent mille fois plus grand que le bien». Et le mal physique? «Il n'y a pas de mal physique. Cela regarde la nature de l'univers. Tout ce qui paraît mal est bien. Tourne-toi de l'autre côté. » Dieu, on le voit, est très à l'aise, pas préoccupé du tout par l'actualité :

« La matière étant infinie comme moi, il m'est impossible de la définir, car n'ayant pas eu de principe, son principe doit m'être inconnu. Je suis le principe éternel spirituel.

— Mais tu es dans l'espace?

— Non, car je ne suis pas matière, et en qualité d'esprit réel immatériel je n'ai que faire de me trouver dans le rien.

— On ne peut donc pas dire que tu es partout?

— Partout, hormis dans le rien. »

Dieu rajoute même quelques aphorismes :

« Tout ce qui existe m'occupe également en raison de l'exigence particulière de chaque être. »

Ou bien :
« Sans les religions que les humains inventèrent, la peste de la superstition n'aurait jamais existé, et l'ignorance n'aurait jamais été le principal partage du titre *genre humain*. »

Et enfin, ceci, qui comme les autres formules, devrait nous paraître très sage :

« La vérité existe par elle-même, elle est indépendante, mais en pure perte, car elle devient erreur d'abord qu'on la communique. »

Cette dernière réflexion pourrait être, à la lettre, d'un voisin de Prague qui fera son apparition plus tard : Franz Kafka.

Revenons en Suisse avec la « jeune théologienne », Hedvige. « Cette belle blonde, dit Casa, m'embrasa par les charmes de son esprit.» On la questionne, elle répond. Elle demande qu'on lui pose des questions de plus en plus difficiles. Par exemple : que serait-il arrivé si Jésus avait consommé l'acte de chair avec la Samaritaine? Le fruit de leur union, autrement dit, aurait été de quelle nature?

Ici, Casa se faufile. Hedvige cafouille un peu, on lui donnera donc une leçon de choses. «Jésus n'était pas susceptible d'érection», lui apprend-il en privé. De quoi s'agit-il? demande la jeune théologienne. Casa pousse la démonstration : voici le verbe créateur des hommes, et ce qui en émane est «l'humide radical», etc.

On connaît les méthodes de notre serpent. L'intérêt, ici, est encore une fois de composition. Casanova profite de cet épisode pour greffer dans sa narration les sujets qui l'intéressent vraiment, et sa conviction que Dieu est «incompréhensible». On le prend pour un athée, mais on se trompe. Rien de ce qui concerne Dieu ne lui est étranger, compte tenu de son expérience. La jeune théologienne se montrera d'ailleurs particulièrement douée. Pour l'entraîner non pas au péché, mais à la connaissance, Casa a d'ailleurs soin de ne pas l'attaquer seule, mais avec sa cousine, Hélène. Au passage, il nous livre une des lois qu'il a découvertes dans sa «longue carrière libertine... quelques centaines de femmes...» :

«Ce qui m'a constamment le mieux servi, c'est que j'ai eu soin de n'attaquer les novices, celles dont les principes moraux ou les préjugés étaient un obstacle à la réussite, qu'en société d'une autre femme... Les faiblesses de l'une causent la chute de l'autre.» Trois atouts, donc : l'attrait du plaisir, la curiosité, l'occasion.

Ils vont tous les trois au lit, «tout en philosophant sur la honte». Deux dépucelages, le sexe «coiffé d'une calotte d'assurance». Hedvige est une «physicienne avide», tout l'intéresse. Hélène est plus réticente, mais aussi plus abandonnée dans l'action :

«Nous étant remis en train, connaissant ma nature et les trompant à volonté, je les comblai de bonheur pendant plusieurs heures, passant cinq à six fois de l'une à l'autre avant d'épuiser ma force et d'arriver au paroxysme de la jouissance.»

Il est possible qu'ayant vécu comme cela, Dieu finisse par vous apparaître en rêve. Casanova serait alors une sorte de Copernic ou de Galilée d'un nouveau genre, événement qui, à mon avis, n'a pas été assez remarqué.

Il ne faut pourtant pas croire que tout se passe toujours avec cette facilité somnambulique. À Turin, voici une comtesse d'origine espagnole que Casa bouscule un peu. Elle va se venger.

Elle l'invite, et le prie d'expérimenter avec elle une poudre amusante à éternuer. Une poudre qui fait *saigner*. Elle en prend elle-même, ils saignent un peu ensemble. Drôle de jeu.

Le lendemain matin, un capucin demande à voir Casa et, trahissant une confession, lui dit d'aller à une certaine adresse. Nous voici chez une sorcière qui a, dans une bouteille, les sangs mêlés de la veille. Giacomo la paye, et la questionne :

« Qu'auriez-vous fait de ce sang ?

— Je vous aurais induit.

— Qu'appelez-vous induit ? Comment ? Je ne vous entends pas.

— Vous allez voir. »

J'étais effaré ; mais la scène changea dans l'instant. La sorcière ouvre une cassette d'une coudée de longueur, et je vois une statue de cire couchée sur le dos, et toute nue ; j'y lis mon nom, et quoique mal faits, je reconnais mes traits, et je vois en sautoir au cou de l'idole ma croix. Le simulacre ressemblait à un monstrueux Priape dans les parties qui caractérisent ce dieu. À cette vue trop comique, le fou rire me prend, et je me jette sur un fauteuil jusqu'à ce que j'aie pris haleine. »

Casa n'est pas superstitieux. Mais « malgré tout l'or que cette infamie m'avait coûté, je n'étais pas fâché d'avoir tout su et d'avoir suivi le conseil du bon capucin qui de bonne foi me croyait perdu. Il dut avoir su la chose en confession de la personne même qui avait porté le sang à la sorcière. Ce sont les miracles que fait très souvent dans la religion catholique la confession auriculaire ».

Il ne dira rien à la comtesse, bien sûr. Au contraire : dès le lendemain, il la couvrira de cadeaux. Après tout, elle aurait pu le faire assassiner de façon plus sûre.

Nous ne devons jamais oublier que Casanova, quand il écrit, pense que son *Histoire* ne sera jamais publiée. À part son médecin irlandais qui lui a conseillé cette thérapeutique, tout le monde l'a plus ou moins dissuadé de rédiger ses Mémoires. Ça ne se fait pas. De temps en temps, il jette un coup d'œil sur les papiers entassés, se relit, remanie un chapitre, supprime des pages, raye des noms, se décourage, pense qu'il vaut mieux tout jeter au feu. Mais non, il continue, *Sequere Deum*, le dieu est au bout de sa plume.

Il ne se ménage pas. Ses aventures sont souvent misérables, surtout celles de dépucelages monnayés avec les familles. Ses maladies cycliques finissent par devenir fastidieuses, on a souvent l'impression, justifiée, qu'il ne sait pas où il va. Son chemin ne mène nulle part ailleurs qu'à la table où nous le voyons écrire. Alors, qu'est-ce qu'il poursuit ? Quel est son but ? Son application à tout dire débouche sur un mystère. Et pourtant, nous le lisons comme s'il nous avait communiqué un manuscrit sous le sceau du secret. Cela fait longtemps que nous pouvons nous dispenser de la plupart des pseudo-livres qui se publient, comme des produits, sur le marché de l'édition mondiale. Pourquoi s'attarder là où il ne se passe rien ? Il suffit que Casa, au contraire, nous entraîne dans un carnaval à Milan, dans un bal où il s'épuise à des contre-danses, dans un nouvel amour où « cinq heures passent comme cinq minutes », dans un dîner où, de nouveau, le travestissement change les données du jeu, pour que nous le suivions avec curiosité, avec joie. La petite Clémentine, avec toutes ses lectures, va-t-elle céder, après un long marivaudage ? Non ? Aucune importance, la comédie tourne, s'en va, recommence :

« *Fovet et favet* (il chérit et lui est favorable) était ma devise favorite, et grâce à mon bon naturel elle l'est encore, et elle le sera jusqu'à ma mort. »

Le frère prêtre de Casanova s'est enfui avec une fille, Marcoline. Casa ne tarde pas à s'emparer de celle-ci. Entouré par Rosalie, Annette, et surtout sa « nièce », il mène à Gênes une vie heureuse. On sent qu'il aime écrire des phrases de ce genre : « Ma nièce devenue ma maîtresse m'enflammait. » Cependant, la marquise d'Urfé, changée en Séramis, l'attend à Marseille :

« Absorbé dans le libertinage, et amoureux de la vie que je menais, je tirais parti de la folie d'une femme qui, n'étant pas trompée par moi, aurait voulu l'être par un autre. »

Toujours la même excuse. Un éloge, quand même : « Malgré sa folie, Mme d'Urfé était bien-faisante. »

Les « oracles » sont formels : Casa doit « ino-culer » Mme d'Urfé, après qu'ils auront été tous les deux purifiés dans un bain. Le souci de Giacomo est de ne pas se retrouver « nul » dans l'action qui s'annonce. Une ondine ? Voilà un rôle pour Marcoline. D'ailleurs ça rime. « Le lecteur me comprend, dit Casa, pourvu qu'il soit magicien. »

Passano, un rival qui tente de prendre sa place, trahit l'inoculateur. Mais on le fera pas-ser pour possédé, lui aussi. La preuve : il a la vérole.

Il faut offrir du métal aux sept planètes. À cet effet des caisses sont préparées, mais, au lieu des métaux précieux, elles ne renferment que du plomb. Elles sont jetées à la mer. Marcoline, en ondine, est parfaite. Elle se présente à Séramis avec un billet qui précise : «Je suis muet, mais je ne suis pas sourd. Je sors du Rhône pour vous baigner. L'heure a commencé.» Les ordres d'Oromasis, roi des Salamandres, s'exécutent. Mme d'Urfé est de plus en plus allumée. Casa : «Cette femme ne pouvait pas me faire pitié, car elle me faisait trop rire.» Sous le nom de Galtinarde, il s'apprête donc à devenir à la fois le mari et le père de Séramis. «Je consume le mariage avec Séramis en admirant les beautés de Marcoline que je n'avais jamais si bien vues.»

L'ennuyeux, c'est que l'opération d'inoculation, pour être crédible, doit être répétée trois fois :

«Encouragé par l'Ondine, j'entreprends le second assaut qui devait être le plus fort, car l'heure était de soixante-cinq minutes. J'entre en lice, je travaille une demi-heure grondant en sueur, et fatiguant Séramis sans parvenir à l'extrémité, et ayant honte à la tricher; elle nettoyait mon front de la sueur qui sortait de mes cheveux mêlée à la pommade et à la poudre ; l'Ondine, en me faisant les caresses les plus agaçantes, conservait ce que le vieux corps que j'étais obligé de toucher détruisait... »

La scène est, au choix, pathétique ou comique. Casa finit par faire semblant de jouir, ce qui demande plus d'invention simulatrice à un homme qu'à une femme. Les hommes, en général, se doutent très peu de ce genre de simulacre chez leurs partenaires féminines. Les femmes, elles, sont plus soupçonneuses, mais on peut les abuser quand même (« Même Marcoline y fut trompée »).
Prisonnier de sa mise en scène, Casa doit maintenant accomplir un troisième coït dédié à Mercure. Marcoline se dépense sans compter comme un vrai Génie des rivières, ce qui étonne beaucoup Mme d'Urfé-Séramis :

« Elle pria la belle créature de me prodiguer ses trésors, et ce fut pour lors que Marcoline étala toutes les doctrines de l'école vénitienne. Elle devint tout d'un coup lesbienne, et pour lors me voyant vivant elle m'encouragea à satisfaire à Mercure ; mais me voilà de nouveau non pas sans la foudre, mais sans la puissance de la faire éclater... Je me suis décidé à la tricher une seconde fois par une agonie accompagnée de convulsions qui terminèrent dans l'immobilité, suite nécessaire d'une agitation que Séramis trouva, comme elle me le dit après, sans exemple.»

Faut-il traduire, en langage moderne, que Casa bandait mais ne pouvait pas éjaculer? Sans doute pas. On admire, en tout cas, aussi bien sa conscience professionnelle que ses dons féminins pour la comédie extatique. Un tel travail, aujourd'hui, serait avantageusement remplacé par une insémination artificielle à la clinique du coin. Plus d'Oromasis, de Mercure, d'Ondine, ni de «foudre». Une masturbation dans un placard, du sperme, et une inoculation à la seringue. Il est vrai que le corps médical déconseillerait l'expérience à la marquise d'Urfé que Casa vieillit exagérément dans son *Histoire*: il lui donne soixante-dix ans, et elle n'en a que cinquante-huit. La science a donné des espoirs, même aux sexagénaires. Et puis, après tout, on peut toujours imaginer des gynécologues fous.

Bref, tout cela est compliqué. Le clonage le sera moins, et il est en bonne voie d'application. Le comte de Saint-Germain ou Casanova sont peut-être, en ce moment même, des savants cachés de laboratoire, des généticiens masqués. De richissimes Américaines, passionnées de recherches occultes, viennent les consulter à des fins de « régénération » ou d'immortalité. Tout est possible dans cette galaxie en expansion, nous ne sommes qu'au début de la comédie humaine.

Mme d'Urfé demande à l'oracle si l'opération a été parfaite. Casa se ressaisit :

« Je lui ai fait répondre que le verbe du soleil était dans son âme, et qu'elle accoucherait au commencement de février de soi-même changée de sexe. »

Pour l'instant, il l'envoie au lit où elle ne doit pas bouger pendant cent sept heures. Il lui tarde de se retrouver avec Marcoline qui, devenue très amoureuse de lui, lui fait passer une nuit comparable au temps de Parme avec Henriette et de M. M. à Muran (c'est, dans la classification de Casa, la note la plus élevée) : « Je suis resté au lit quatorze heures, dont quatre furent consacrées à l'amour. »

L'« école vénitienne » a son charme.

Marcoline vient de gagner un magnifique collier et six cents louis. Elle ne veut plus quitter son chevalier de Seingalt. Lui : mais non, tu trouveras un mari. Elle : non, emmène-moi avec toi comme ta tendre amie ; «je t'aimerais comme mon âme, je ne serais jamais jalouse, j'aurais soin de toi comme de mon enfant».

Voilà une vraie déclaration d'amour.

Mme d'Urfé, elle aussi, est très contente : «Épousez-moi», dit-elle à Casa, qui s'en tire en lui faisant remarquer que, devenant homme et étant son fils, elle serait déclarée bâtard. Gardons notre sang-froid, et recommençons à interroger l'oracle. Questions, réponses, nouvelles questions, nouvelles réponses ; quel boulot.

Déjà alerté par l'épisode M. M.-C. C., le lecteur attentif de l'*Histoire de ma vie* constate à présent, dans le cours du récit, un développement très net du thème de la lesbienne. Impossible de ne pas penser ici à l'obsession de Proust dans son analyse du temps. Marcoline, par exemple, ne fait aucune difficulté pour reconnaître qu'elle a ce goût depuis l'âge de sept ans, et qu'en dix ans elle a eu trois cents ou quatre cents amies. À Aix, elle est draguée par une comtesse (ce qui n'est pas étonnant, puisque «les femmes provençales inclinent presque toutes à ce goût-là, et elles n'en sont que plus aimables»). Casa est jaloux, un peu, pas trop. Albertine, pardon, Marcoline, lui déclare tranquillement le lendemain matin :

«Nous avons fait toutes les folies que tu sais que les femmes font quand elles couchent ensemble.»

Pourquoi pas, en effet. Mais comme l'«écolière de Sapho» a gagné une bague, elle est vite pardonnée par son chevalier. Seulement, voilà, coup de théâtre. Marcoline lui remet une lettre de la comtesse nocturne. Il y a seulement une signature : *Henriette*. Là, on se dit que Casa y va fort. Mais non, il veut seulement dire (et la *Recherche* de Proust ne dira pas autre chose) que le monde humain est une immense partouze, un échange incestueux généralisé que le temps se charge de démontrer. On n'imagine pourtant pas le narrateur proustien dans la situation que décrit Casanova entre Marcoline et Irène :

«J'ai passé presque toute la nuit en secondant les fureurs de ces deux bacchantes, qui ne me quittèrent que lorsqu'elles me virent devenu rien, et ne donnant plus aucun signe de résurrection. »

Au matin, il les trouve endormies, « entortillées comme deux anguilles ». Ces fleurs du mal n'entraînent chez lui aucun sentiment de culpabilité, pas la moindre annonce de « femmes damnées ». Pourquoi alors, par la suite, cette ombre sulfureuse et fatale chez Baudelaire, Proust, et dans toute la littérature ? Pourquoi cette légende des siècles ? La vraie question est de savoir si nous pouvons lire Casanova autrement qu'en cachette, ou, pire, en faisant semblant de trouver tout ce qu'il raconte banal. Il y a une dernière solution, qu'on pourrait appeler finale : celle de ne plus rien lire du tout, et c'est sans doute vers elle que se dirige le nihilisme de la fin du XXᵉ siècle. Comme quoi l'obscurantisme a de beaux jours devant lui. À moins que nous ne décidions de comprendre enfin cette observation profonde du chevalier de Seingalt :

« J'aimais à apprendre que pour mettre la raison sur le chemin de la vérité il fallait commencer par la tromper. Les ténèbres durent précéder la lumière. »

Casanova est à Londres. Il admire d'abord la propreté et l'ordre anglais; il va voir sa fille Sophie qui a maintenant dix ans; il cherche à draguer sans succès; et, réduit aux prostituées, en renvoie dix qui ne lui plaisent pas. Mauvais signe.

Que faire? Il met un écriteau à l'extérieur de son appartement pour dire qu'il a, au-dessus du sien, un autre appartement à louer bon marché, «à une jeune demoiselle seule et libre qui parle anglais et français, et qui ne recevra aucune visite ni dans le jour, ni dans la nuit».

C'est transformer la rue en table de jeu. Et ça marche. Voici Pauline, échappée du Portugal après l'assassinat du roi, attribué aux jésuites. Casa a l'air très au courant, tout à coup, des intrigues secrètes qui agitent les monarchies catholiques. Pauline lui raconte son histoire, bascule dans ses bras, et c'est le bonheur : « Une suite jamais discontinue de jouissances, au point que nous ne pouvions plus désirer. » Une fois de plus, la comparaison avec Henriette s'impose Mais l'orage approche, il va être aussi soudain que terrible.

Casanova a souvent dit qu'il y avait trois actes dans la comédie de sa vie. Le premier, depuis sa naissance jusqu'à Londres. Le deuxième, de Londres à son exil définitif de Venise, en 1783. Le troisième enfin, de cet exil à Dux où, dit-il, « probablement je mourrai ».

« Ce fut dans ce fatal jour, au commencement de septembre 1763, que j'ai commencé à mourir et que j'ai fini de vivre. J'avais trentehuit ans... »

Le coup de tonnerre a un nom : la Charpillon.

« C'était une beauté à laquelle il était difficile de trouver un défaut. Ses cheveux était châtain clair, ses yeux bleus, sa peau de la plus pure blancheur... Sa gorge était petite, mais parfaite, ses mains potelées, minces et un peu plus longues que les ordinaires, ses pieds mignons, et sa démarche sûre et noble. Sa physionomie douce et ouverte indiquait une âme que la délicatesse des sentiments distinguait, et cet air de noblesse qui ordinairement dépend de la naissance. Dans ces deux seuls points, la nature s'était plu à mentir sur sa figure. Elle aurait dû plutôt n'être vraie que là, et mentir sur tout le reste. Cette fille avait prémédité le dessein de me rendre malheureux même avant d'avoir appris à me connaître ; et elle me l'a dit. »

Elle a dix-sept ans. Apparemment, elle est à vendre.

La première question qu'on se pose (compte tenu des malheurs qui vont suivre) est la suivante : comment un professionnel comme Casanova se laisse-t-il entraîner dans une histoire aussi ridicule et destructrice ? Comment ce phénix de la libido se retrouve-t-il piégé en pigeon ?

Mais justement : les meilleurs joueurs sont aussi, parfois, les plus faibles. Ils sont sujet à ce qu'on pourrait appeler le vertige du virtuose. Casanova, d'ailleurs, aurait pu éviter de raconter l'histoire de sa plus grave défaite « au milieu du chemin de la vie » (dit-il lui-même, en référence à *La Divine Comédie* de Dante). S'il l'a fait, c'est que cet échec sur soi-même l'a conduit au suicide, auquel il n'a échappé que par hasard. Le suicide est la négation de sa vision du monde. Il s'agit donc d'un problème de connaissance. On dirait qu'il s'est imposé cette épreuve pour y voir plus clair.

Casa, depuis quelque temps, languit un peu. On a l'impression que l'aventure lui plaît moins, que le cœur n'y est plus, et surtout le corps. Est-ce la conséquence d'un passage au Nord ? Pas seulement. Tout simplement, il vieillit, il n'obtient plus, comme il le dira de plus en plus souvent, le « suffrage à vue ». Il se croit encore gratuit ou dans des limites de négociation courante. Avec la Charpillon, il tombe sur un os de taille. Les familiers de l'intrigue hystérique s'y retrouveront sans peine, mais, pour Giacomo, le mélange d'allumage systématique et de refus, sur fond d'exploitation cynique, est une stratégie nouvelle, imprévue. Du moins appliquée à lui-même : au fond, la Charpillon lui ressemble, d'où la virulence du transfert. Identification rongeante, mais excitante, aussi, comme tout ce qui se dérobe avec constance, malignité, donc caractère. La Charpillon ne décourage jamais Casa, au contraire. Comme au poker, elle monte chaque fois les enjeux. Et, en bonne joueuse, elle joue pour gagner, pas pour perdre.

Giacomo a l'habitude de l'idylle partagée (même si elle demande des aménagements financiers) ou de la satisfaction mercenaire. Il s'est fait à l'idée d'être désirable. La plupart du temps, il force un peu la situation, la réponse vient, tout va bien. Mais avec la Charpillon, en Angleterre, à l'âge qu'il a (celui d'être fixé), le terrain et les temps ont changé, l'homme devient une marionnette expérimentale. C'est d'ailleurs de l'épisode Charpillon que Pierre Louÿs a tiré son récit *La Femme et le Pantin* (le nombre d'écrivains que Casanova aura inspirés, *comme si lui-même n'avait rien écrit*, est étrange, ainsi de la pochade d'Apollinaire, *Casanova, comédie parodique*, qui montre la légèreté d'information dont Casa aura été constamment l'objet).

Giacomo vient de tomber sur une organisation matriarcale stricte. Une grand-mère, une mère, deux tantes, des servantes, et l'appât qui fait vivre l'ensemble : une jolie fille douée de dix-sept ans. Elle est négociable, mais le plus cher possible. Il s'agit de la famille Auspurger, avec une aïeule spécialiste, née Brunner. Un rapport de police de l'époque décrit ce clan comme de «dangereuses femelles, tissu abominable de calomnies et de mensonge». Casa, lui aussi, finira par parler de «tas de femelles». Elles sont aidées dans leur travail par trois figurants mâles, des rabatteurs, dont le célèbre Goudar, auteur de *L'Espion chinois* (livre auquel Casa a collaboré sous forme de lettres).

Charpillon : voilà un nom prédestiné. On peut entendre, à travers lui, harpie, charpie, pillage, haillons, papillon. Tout un programme. *Charpiller* devrait être un verbe français. Casa, en tout cas, va se faire charpiller d'importance. Une coquette ? Oui, mais, en plus, *sincère*. Chez elle, le vrai est un moment du faux.

Giacomo est allumé, il procède à son habitude, carrément, mais la Charpillon se dégage. Une fois. Deux fois :

«J'ai cessé d'être pressant quand elle m'a dit que je n'obtiendrai jamais rien d'elle ni par argent, ni par violence; mais que je pouvais tout espérer de son amitié quand elle me verrait devenir tête à tête avec elle doux comme un mouton.»

Soyez mouton, vous serez mon lion. Superbe et généreux, bien sûr. Le lion en question se rebiffe, trouve cette sommation indigne de lui, décide d'oublier cette mauvaise affaire, et va porter des confitures à sa fille. Cependant, la proposition « mouton » n'est pas sans effet. C'est la tentation du masochisme qui, sur un libertin endurci, peut être un piment, de par son incongruité même.

Surtout si on le relance. Une des tantes vient se plaindre à Casa qu'on ne le voit plus, que la Charpillon s'en plaint, et qu'elle est au lit avec un gros rhume. Notre demi-lion, attendri, fait sa visite, et découvre, comme par hasard, la belle, nue, dans sa baignoire. Il tente le coup, sans succès. Il est furieux, mais elle le relance à nouveau, ils dînent ensemble, il boit trop, rien à faire. Il est ferré : elle a sur lui, maintenant, un « ascendant irrésistible ».

N'oublions pas le contexte : Casa ne comprend pas l'anglais, la Justice du pays lui échappe, la mission secrète qu'il accomplit (et dont il ne parle pas) ne doit pas fonctionner très bien, il n'a pas, à ce moment-là, de satisfaction physique forte. La Charpillon, la grand-mère, la mère, les tantes, les servantes et les rabatteurs ont compris tout cela (y compris les « trente-huit ans »). Le pigeon-mouton peut aussi imaginer que la pauvre délicieuse fille est manipulée par son entourage. Il décide de mettre les choses à plat. Goudar vient de lui tendre un piège :

l'achat d'un fauteuil qui emprisonnerait automatiquement l'objet de son désir (d'où viol, et poursuites judiciaires). Giacomo n'est pas encore fou à ce point. Il propose donc, par l'intermédiaire de Goudar, à la mère de la Charpillon cent guinées pour passer une nuit avec sa fille. Il croit régler la question, il s'enfonce.

Car la Charpillon le prend de haut, comme s'il s'agissait d'une insulte. Vous ne comprenez rien, dit-elle à Casa de plus en plus quart-de-lion, je vous aime, mais il faut que vous me rendiez davantage amoureuse, méritez-moi, faites votre cour, venez me voir en famille, au moins pendant quinze jours. Ensuite, cent guinées, bon. Si vous avez bien fait le mouton. Pour serrer la corde, tout en parlant d'amour, elle pleure. Elle est magnifique, sentimentale, *vraie*, bouleversante comme une nouvelle Héloïse (excepté le détail d'argent).

« Ce discours m'a séduit », dit Casa, héroïque dans l'autocritique. Il fonce dans la mauvaise littérature qui, comme il devrait pourtant le savoir, n'a pas de fin. C'est l'époque du célèbre roman de Samuel Richardson, *Pamela ou la Vertu récompensée.* Un simulacre de vertu inspiré par le vice joue comme un aimant sur Giacomo. Il trouve tout ce théâtre un peu compli-

246

qué, mais enfin il y va. Avec des *cadeaux*, cela va sans dire.

Au bout de quinze jours, la nuit d'amour annoncée arrive. Mais là, stupeur :

« À peine je la sens couchée que je l'approche pour la serrer entre mes bras, mais je la trouve pire que vêtue. Accroupie dans sa longue chemise, les bras croisés, et la tête enfoncée dans sa poitrine, elle me laisse dire tout ce que je veux, et elle ne me répond jamais. Quand, las de dire, je me détermine à faire, elle se tient immobile dans la même posture, et elle m'en défie. Je croyais ce jeu une plaisanterie ; mais je reste à la fin convaincu que ce n'en était pas une. Je me reconnais pour attrapé, pour bête, pour le plus méprisable de tous les hommes, et la fille pour la plus abominable des catins. »

Le mouton, ici, devient enragé, retrouve ses griffes de tigre, et commence à vouloir se payer par la violence. Il déchire la chemise de la Charpillon dans le dos, la brutalise, mais en vain : « Je me suis déterminé à finir quand je me suis trouvé destitué de force, et quand l'ayant saisie d'une de mes mains au cou, je me suis senti puissamment tenté de l'étrangler. » Ce n'est plus la nouvelle Héloïse, c'est Jeanne d'Arc violée par un de ses bourreaux :

« Nuit cruelle, nuit désolante, dans laquelle j'ai parlé au monstre dans tous les tons : douceur, colère, raisons, remontrances, menaces, rage, désespoir, prières, larmes, bassesses et injures atroces. Elle me résista trois heures entières, sans jamais me répondre, et sans jamais se développer qu'une seule fois pour m'empêcher un fait qui d'une certaine façon m'aurait vengé. »

Pas de doute : la Charpillon a raison, nous l'approuvons, et même nous l'applaudissons. Ce type est un crétin, un macho, un porc. Son devenir-mouton tarde à venir, mais son exaspération et son désarroi hébétés sont prometteurs. Et en effet, ce n'est pas fini.

Le « tas de femelles » est en grand conciliabule. La Charpillon va visiter Casanova chez lui. Elle lui fait honte, elle lui montre ses meurtrissures. Elle lui dit qu'elle n'a accepté cette transaction que sur l'insistance de sa mère. Elle lui propose d'être à lui s'il l'entretient complètement dans une maison louée à ses frais. Elle pleure, elle parle divinement, elle est de plus en plus jolie et *vraie*. Le mouton est séduit à nouveau. Il loue une maison à Chelsea, ils s'installent ensemble. Ils vont au lit, elle a des douceurs, mais pas de chance, cette nuit-là elle a ses règles. Casa se calme, attend le lendemain matin, et, profitant de son sommeil, vérifie quand même. Elle a menti. D'où nouvelle scène de violence. La Charpillon prend un coup sur le nez, elle « saigne en abondance ».

Si on se souvient des débuts étrangement hémorragiques de Casa dans l'existence, toutes ces histoires de sang sont quand même un comble. Un essayiste pressé écrira ici le mot *castration*, et ira voir ailleurs, c'est plus simple. Le devenir-mouton de l'élément masculin étant inscrit dans l'ordre de la Technique, on ne s'en plaindra pas s'il doit éviter des brutalités de ce genre, des convulsions multiples, des viols, voire des massacres organisés. Mais la subtilité de Casanova est ici très grande : il *explore* ce continent rouge et noir. À ses dépens, certes, mais avec une lucidité redoutable (car, finalement, dans cette histoire, tout le monde trompe tout le monde, chacun a son mensonge intéressé) :

« Ce qui va à la suite d'un long mépris de soi-même est un désespoir qui mène au suicide. »

Le roman se complique. Goudar, « l'espion chinois », prévient Casa que le syndicat matriarcal, après avoir récupéré son appât saignant du nez, envisage de lancer contre lui une accusation calomnieuse (probablement celle de pédérastie, fantaisie punie de mort, à l'époque, en Angleterre).

Casa, culpabilisé, repart à l'attaque. Il apporte des cadeaux à la victime de sa brutalité, il lui confie des lettres de change. Il tente une fois de plus le coup, et se plante. Puis c'est la Charpillon qui revient le voir, il s'énerve, il tourne en rond, il enrage.

Et ça recommence. Le « jeune monstre » est vraiment très fort, et Giacomo très con. Peut-il encore oublier son enfer, et se distraire, ne fût-ce qu'une minute, avec une prostituée connue ? Même pas :

« Elle était charmante, mais elle ne parlait qu'anglais. Accoutumé à aimer avec tous mes sens, je ne pouvais me livrer à l'amour me passant de l'ouïe. »

(L'aire d'action érotique de Casa est limitée au français, à l'italien et à l'espagnol : c'est déjà un handicap pour les temps qui s'annoncent. Une grande partie de « l'effet Charpillon » vient du fait qu'elle parle français. Un Giacomo virtuel, aujourd'hui, devrait faire de l'hébreu, de l'arabe et du chinois très jeune.)

Tout de même, Casanova veut récupérer ses lettres de change. La Charpillon lui fait répondre de venir les chercher chez elle. Lors d'un dîner en compagnie où il ne l'attend pas, elle entre, provocante, gaie, s'assoit à côté de lui, le traite avec ironie. Chaque fois que Casa la voit, il est repris de désir. C'est idiot, mais c'est comme ça. Ils sortent dans un jardin, s'engagent dans un labyrinthe, et, là, elle le renverse sur l'herbe et « l'attaque en amoureuse ». Il mollit aussitôt (ou plutôt le contraire), mais pas question d'aller jusqu'au bout. Nouvelle scène de violence, il sort un couteau et menace de l'égorger si elle ne se laisse pas faire. « Mais allez-y, dit-elle, et je raconterai à tout le monde ce qui s'est passé. » Une femme violée, quel scandale. Elle sort de cette bagarre avec désin-

volture, « comme si rien ne s'était passé ». Casa
est épaté : « Sa physionomie avait un prestige
auquel je ne pouvais pas résister. »

L'amour est une maladie, on le sait, ou plutôt,
on ne le sait pas assez. Casanova a entrepris ici
une étude exhaustive (on pense, une fois de
plus, au narrateur de la *Recherche*, dont le véritable organe sexuel, finalement, est la jalousie).
Mais Casa *collabore* avec sa pathologie, il s'y
montre actif, on dirait qu'il veut en épuiser la
force. On arrive ainsi à l'explosion ultime avant
le risque de dépression, et à une admirable description de possession maniaque. Un soir, il se
rend chez la Charpillon qui ne l attend pas, et la
surprend en train de faire l'amour avec un jeune
perruquier sur un canapé. Il rosse le perruquier,
casse les meubles avec sa canne, défonce les fau-
teuils, brise les chaises. Le syndicat féminin
hurle, la Charpillon s'enfuit dans la nuit. La
police intervient. Tout le monde est terrorisé et
accuse le forcené, l'hystérie est totale. Bien
entendu, Casa sombre aussitôt dans le repentir :

« Mais comment pouvais-je être sot à un si
haut degré ? C'est parce que j'avais besoin de
l'être. »

J'avais besoin de l'être : c'était inévitable, mais aussi nécessaire pour apprendre quelque chose de plus sur l'illusion humaine et moi-même.

La Charpillon a disparu, seule, dans les rues de Londres, la nuit. Pauvre petite, que va-t-il lui arriver ? Le lion redevient mouton. On apprend qu'elle est revenue au matin, fiévreuse, choquée, stressée, d'autant plus qu'elle était dans son « temps critique » (ses règles : le perruquier n'était pas très regardant). Le syndicat matriarcal amplifie la nouvelle : interrompre le temps critique d'une jeune et jolie fille, quelle horreur. La Charpillon va très mal, elle souffre, elle se convulse, elle délire, elle va sans doute mourir. Ces menstrues contrariées ne peuvent venir que de l'action d'un monstre. D'ailleurs, elle le nomme dans son agonie, elle n'arrête pas de crier : « Mon bourreau ! Seingalt ! Il veut me tuer ! »

Tout ce cirque (faux, bien entendu) est beaucoup plus efficace qu'un rituel de sorcellerie à l'ancienne. Casa se sent criminel. L'affaire avec le perruquier n'était qu'un dérapage de jeunesse (et lui, il est vieux), il a eu tort d'exploser, un ange va quitter cette terre par sa faute. D'ailleurs, voici un ministre de la religion qui remplace le médecin. « Pentiti ! Pentiti ! Repenstoi ! Scélérat ! »

Casa rentre chez lui, il ne mange plus, il a des frissons, il vomit.

Il dit qu'il devient fou, et nous le croyons sans peine. C'était le cobaye idéal pour ce genre d'expérimentation. Il marche dans sa chambre comme un furieux en parlant tout seul. Ça y est, la Charpillon est en train de rendre le dernier soupir, il sent « une main de glace lui presser le cœur ». Le Commandeur n'est pas là, mais c'est tout comme. La Charpillon est une innocente, une sainte, et lui, Casa, un assassin qui doit être puni. Il doit donc prononcer lui-même la sentence (la mort) et l'exécuter (suicide).

Bon, allez, il n'est plus digne de vivre. Il est allé au bout de sa niaiserie, de son aveuglement, de son *mauvais penchant*. Le public est d'accord. On vote à main levée ou à pouce baissé : la mort. Le condamné approuve.

Il écrit des lettres, il lègue tous ses biens à Bragadin, à Venise. Il prend ses pistolets, et décide, mû non «par la colère ou l'amour, mais par la raison la plus froide», d'aller se noyer dans la Tamise à la tour de Londres. Pour cela, il va acheter du plomb dont il remplit ses poches.

Du *plomb*? Comme la prison des *Plombs*?

«Le lecteur peut me croire que tous ceux qui se sont tués n'ont fait que prévenir la folie, qui se serait emparée de leur raison s'ils ne se fussent pas exécutés, et que tous ceux par conséquent qui sont devenus fous n'auraient pu éviter ce malheur qu'en se tuant. Je n'ai pris ce parti que lorsque j'aurais perdu la raison si j'avais différé d'un seul jour. Voici le corollaire. L'homme ne doit jamais se tuer, car il se peut que la cause de son chagrin cesse avant que la folie arrive. Cela veut dire que ceux qui ont l'âme assez forte pour ne jamais désespérer de rien sont heureux. Mon âme n'a pas été assez forte, j'avais perdu tout espoir, et j'allais me tuer en sage. Je ne dois mon salut qu'au hasard.»

Étonnante profession de foi, qui fait de la mort, considérée froidement, le remède désastreux de la folie.

Mais on peut aussi résumer la position de

Casanova par cette formule : plutôt mort que mouton. Elle ne manque pas d'allure.

Le hasard ? Oui, mais surtout le destin. Sur le pont de Westminster, alors qu'il va se noyer, Casa rencontre le chevalier Egard, « aimable Anglais, jeune, riche, qui jouissait de la vie en caressant ses passions ». Le chevalier *Egard*! Dieu nous garde !

L'autre comprend tout de suite, à la mine de Casa, qu'il se passe quelque chose de grave. Il ne veut plus le quitter, il l'oblige à venir s'amuser dans une taverne. Giacomo remet son suicide de quelques heures, mais n'y renonce pas. Il ne peut pas manger, sauf des huîtres et du vin de Bordeaux, un graves. Les filles qu'a racolées Egard le laissent indifférent, même quand l'orgie se déclare. « Les plaisirs d'amour sont l'effet et non pas la cause de la gaieté. » Les deux chevaliers, Egard traînant Seingalt, continuent leur virée. Voilà un endroit où on danse. Et là, en train de valser : la Charpillon.

Casa fait une crise d'épilepsie :

« La révolution qui se fit en moins d'une heure dans tout mon individu me fit craindre des suites, car je tremblais de la tête jusqu'aux pieds, et une palpitation très forte me faisait douter de pouvoir me tenir debout si j'eusse osé me lever. La fin de l'étrange paroxysme m'épouvantait, il me semblait qu'elle dût m'être fatale. »

Meurs et deviens. Giacomo est soudain guéri :

« Quel prodigieux changement ! Me sentant devenu tranquille, j'ai arrêté avec plaisir ma vue sur les rayons de lumière qui me rendaient honteux ; mais ce sentiment de honte m'assurait que j'étais guéri. Quel contentement ! Ayant été plongé dans l'erreur, je ne pouvais la reconnaître qu'après en être sorti. Dans les ténèbres, on ne voit rien. J'étais si étonné de mon nouvel état que, ne voyant pas reparaître Egard, je commençais à croire que je ne le reverrais pas. Ce jeune homme, me disais-je, est mon Génie, qui prit sa ressemblance pour me rendre mon bon sens… L'homme devient facilement fou. J'eus toujours dans mon âme un germe de superstition, dont certainement je ne me vante pas. »

C'était la nouvelle évasion des *plombs* de Giacomo Casanova. Il y a les prisons dans l'espace, mais il y a aussi les prisons psychiques. Il est très difficile de posséder la vérité, et la liberté, dans une âme et un corps.

Casa est gai, rétabli, c'est le moment de se venger. Il fait arrêter la mère et les tantes de la Charpillon pour détournement de ses lettres de change. Le syndicat féminin contre-attaque en faisant arrêter Casa sous prétexte qu'il veut défigurer la Charpillon. Il passe quelques heures dans la prison de Newgate, au milieu des criminels et des condamnés à mort. Ses témoins sont plus fiables que ceux de ses adversaires. Le plaisir de la vengeance va être une plaisanterie.

Il achète un perroquet à qui il apprend à répéter la phrase suivante : « Miss Charpillon est plus putain que sa mère. » L'oiseau est exposé, pour être vendu, à la Bourse de Londres. Il remporte un grand succès. Ça suffit.

Moralité sur le peu de crédit qu'on peut apporter aux « témoignages » :

« La facilité de trouver des faux témoins à Londres est quelque chose de fort scandaleux.

J'ai vu un jour un écriteau à une fenêtre, où on lisait en lettres majuscules le mot *témoin*, pas davantage. Cela voulait dire que la personne qui logeait dans l'appartement faisait le métier de témoin. »

Après ces déboires labyrinthiques et cette nouvelle évasion, plus périlleuse que celle de Venise, on comprend que Casa ait besoin de détente. Voici justement cinq filles et leur mère, les Hanovriennes. Il peut enfin se reposer à l'ombre de jeunes filles en fleurs :

« Il me paraissait de les aimer non pas comme un amant mais comme un père, et la réflexion que je couchais avec elles ne portait pas d'obstacle à mon sentiment, puisque je n'ai jamais pu concevoir comment un père pouvait aimer tendrement sa charmante fille sans avoir au moins une fois couché avec elle. Cette impuissance de conception m'a toujours convaincu, et me convainc encore avec plus de force aujourd'hui, que mon esprit et ma matière ne font qu'une seule substance. Gabrielle, me parlant des yeux, me disait qu'elle m'aimait, et j'étais sûr qu'elle ne me trompait pas. Peut-on comprendre qu'elle n'aurait pas eu ce sentiment si elle eût eu ce qu'on appelle de la vertu ? C'est aussi pour moi une idée incompréhensible. »

Si vous voulez être aimé d'une femme, faites-en votre fille. Si vous avez une fille, faites-en, au moins une fois, une femme. Beaucoup de pères n'arrivent pas à être vraiment le père de leur fille, ils en sont empêchés par leurs embarras avec leur propre mère. Une fille peut également être coupée de son père par sa mère, le cas est fréquent (et c'était probablement celui de la Charpillon).

Tout cela n'est-il pas lumineux ? Non ? Dommage. Casanova insistera de plus en plus sur ce point qui semble « incompréhensible » (comme Dieu lui-même), et c'est la raison pour laquelle il choisit avec malice son vocabulaire : « concevoir », « impuissance de conception », il sait de quoi, et comment, il parle. L'amour vrai, celui qui « conçoit », est celui de la fille pour son père. Une fille, en dernière instance, n'a d'enfant que de son père. Et une mère a toujours eu un père, réussi ou non.

« Mon esprit et ma matière ne font qu'une seule substance » : difficile d'aller plus loin comme philosophie intégrale. Et ce qui la *prouve*, c'est précisément le *roman philosophique* que devient, à partir de ces principes, la vie. La première « évasion » de Casa est *physiologique* (son imbécillité de départ, pendant huit ans, ses saignements périodiques). La seconde, *physique* (sa privation de liberté sous les Plombs). La troisième, *psychique* (le rejet, la tentation du suicide). La quatrième, et dernière, sera *pneumatique* (l'écriture, à hautes doses, et d'ailleurs inachevée, de l'*Histoire de ma vie*).

La démonstration est saisissante, et on comprend qu'elle soit insupportable à concevoir, sauf comme légende. La religion matriarcale s'emploie à nier de toutes ses forces ce phénomène (et nous sommes entrés dans une nouvelle phase technique du matriarcat). Ce qu'on aura appelé, de son côté, patriarcat, n'est que le violent refoulement du rapport père-fille, c'est-à-dire la nécessité où les humains se sont trouvés, pour éviter l'endogamie, d'échanger des femmes entre eux. La société est, à son insu, dominée par cette loi d'homosexualité masculine. Quand un tel nœud semble plus relâché, c'est qu'il est en train de se resserrer dans l'ombre. Casanova fait de la magie blanche, ne l'oublions pas : il dénoue des nœuds.

« Ces Hanovriennes, si j'avais été riche, m'auraient tenu dans leurs fers jusqu'à la fin de ma vie. » Heureusement, il n'est pas riche. L'aventure continue.

La satisfaction d'amant-père de Casa est de courte durée. Comme il fréquente aussi « la mauvaise compagnie », il est de nouveau vérolé au moment où il est obligé de s'enfuir de Londres à cause d'une dette impayable. Le voici à Dunkerque, délabré, avec « une mine effrayante ». De là, il passe à Tournai où, toujours comme par hasard, il rencontre le comte de Saint-Germain qui « travaille » dans les environs.

C'est l'occasion d'avoir des nouvelles de Mme d'Urfé, la marquise Séramis, qui avait disparu du récit. « Elle s'est empoisonnée en prenant une trop forte dose de médecine universelle », lui dit froidement Saint-Germain. « Elle croyait être grosse. »

Amen.

Saint-Germain propose à Casa (mais peut-être, après tout, Casanova est-il *aussi* le comte de Saint-Germain ?) de le guérir (pilules). Il refuse (prudence). Là-dessus, l'alchimiste lui montre certains de ses résultats :

« Il me fit voir son archée qu'il appelait Atoétér. C'était une liqueur blanche dans une petite fiole pareille à plusieurs autres qui étaient là. Elles étaient bouchées avec de la cire. M'ayant dit que c'était l'esprit universel de la nature, et que la preuve en était que cet esprit sortirait à l'instant de la fiole si on faisait dans la cire le moindre petit trou avec une épingle, je l'ai prié de m'en faire voir l'expérience. Il me donna alors une fiole et une épingle, en me disant de la faire moi-même. J'ai percé la cire, et dans l'instant j'ai vu la fiole vide. »

Casa est étonné, mais demande à Saint-Germain à quoi lui sert cette substance. L'autre répond qu'il ne peut pas le lui dire. Après quoi il lui transforme une pièce de douze sous en pièce d'or. Casa est sûr qu'il s'agit d'un tour de prestidigitation (escamotage de la première pièce, remplacée par une autre), mais se contente de faire remarquer que Saint-Germain ne l'a pas prévenu de sa transmutation :

« Il me répondit que ceux qui pouvaient douter de sa science n'étaient pas dignes de lui parler. Cette façon de parler lui était caractéristique. Ce fut la dernière fois que j'ai vu ce célèbre imposteur qui mourut il y a six ou sept ans. » (Casa écrit donc ces lignes en 1790 ou 1791.)

Le temps, esprit universel de la nature, s'évapore. Une autre marquise, inoubliable, vient, elle aussi, de mourir : Mme de Pompadour, le 15 avril 1764.

Il vaut mieux se soigner sévèrement. Cette vérole-là dure un mois. Du lit, de l'ennui. Casa en sort guéri, mais très maigre.

On l'a compris : c'est à un Casanova *transmuté* que nous avons maintenant affaire.

Il voyage.

On le trouve à Brunswick, dans la fameuse bibliothèque qui a vu méditer Leibniz et Lessing :

« J'ai passé huit jours sans jamais en sortir que pour aller dans ma chambre, et sans jamais sortir de ma chambre que pour y rentrer... Pour être dans le monde un vrai sage, je n'aurais eu besoin que d'un concours de fort petites circonstances, car la vertu eut toujours pour moi plus de charme que le vice. »

(C'est monsieur le bibliothécaire du château du comte Waldstein à Dux, aujourd'hui Duchkov, qui s'exprime ici.)

À Berlin, il revoit Calsabigi, son ancien complice dans le lancement de la loterie de Paris, qu'il faut essayer de faire avaler à Frédéric de Prusse. Celui-ci reçoit Casa à *Sans-Souci*; commence par décider que le chevalier de Seingalt est un «architecte hydraulique» en raison d'une de ses réflexions sur les eaux de son jardin comparées à celles de Versailles; saute sans cesse d'un sujet à un autre; et finit par regarder de haut en bas son interlocuteur en lâchant: «Vous êtes un très bel homme.»

Merci.

Rien à tirer de Berlin, partons pour Saint-Pétersbourg. Casa, en Russie, achète (ce n'est pas bien) une fille de paysans pour lui servir de domestique. Il l'appelle Zaïre, elle sera très jalouse, elle faillira même le tuer, en lui jetant une bouteille à la tête. Il succombe, un soir, au charme d'un jeune officier russe «joli comme une fille». Il a des crises d'hémorroïdes très douloureuses. Il vérifie un peu partout la gloire de Voltaire. Il voit enfin la tsarine Catherine II, dans son jardin d'été, où se dressent des statues plus ridicules les unes que les autres. Il lui parle savamment du calendrier grégorien qu'elle devrait adopter pour son Empire. Que lui vend-il exactement? On ne sait pas. En tout cas, il la préfère à Frédéric de Prusse.

Rien à signaler. Casa s'ennuie, il fait du documentaire. Quelques digressions métaphysiques sur la mort subite, ses conséquences dans l'au-delà, mais sans plus. Seule lumière dans cette froideur de l'Est : une comédienne française, la Valville, qui n'a joué qu'une fois dans *Les Folies amoureuses* de Regnard. On l'a mise au placard, elle veut partir, elle a besoin d'un passeport. Casa lui arrange son affaire, et part avec elle en *dormeuse* (voiture où ils sont comme dans un lit). Les Françaises ? Elles sont *commodes* :

« Elles n'ont ni passion ni tempérament, et par conséquent elles n'aiment pas. Elles sont complaisantes, et leur projet est un seul et toujours le même. Maîtresses de dénouer, elles nouent avec la même facilité, et toujours riant. Cela ne vient pas d'étourderie mais d'un vrai système. S'il n'est pas le meilleur, c'est au moins le plus commode. »

Casa a peut-être inventé ce voyage. Mais il voulait dire que les Françaises se préoccupent désormais surtout d'être *entretenues* : notation mélancolique d'un voyageur, prophétie lucide.

Admirable et secret Casanova : on le croit perdu dans des anecdotes, et puis, tout à coup, l'air de rien, il glisse une carte majeure, il injecte ou greffe un message, un document de première importance dans son récit.

Dans le temps de la narration, il est à Augsbourg, en mai 1767. Dans celui de la rédaction, le 1er janvier 1798 à Dux (soit six mois avant sa disparition). Dans la rédaction il a soixante-treize ans ; dans la narration quarante-deux.

En 1767, il a besoin d'argent. Il écrit donc au prince Charles de Courlande qui se trouve à Venise en lui demandant qu'il lui envoie une centaine de ducats : « Pour l'engager à me les envoyer d'abord, je lui ai envoyé un procédé immanquable pour faire la pierre philosophale. » C'est dit comme ça, avec le plus grand naturel, dans ce roman *philosophique* (c'est-à-dire alchimique).

Ce prince de Courlande n'est pas n'importe qui. Aventurier, voleur, il a tout, selon la police, du fameux Cartouche. Il a mille tours dans son sac, dont celui-ci :

« Le prince de Courlande avait appris d'un Italien nommé Cazenove le secret d'une composition d'encre qui disparaissait sur le papier de façon à ne pas imaginer qu'il y ait jamais eu aucune écriture. »

L'écriture invisible : c'est bien Casa.

Nous lisons ici les *Mémoires historiques et authentiques sur la Bastille*, publiés en 1789. Ils comportent la lettre alchimique adressée par Casa à Courlande. Voici pourquoi :

« Comme ma lettre qui contenait un si grand secret n'était pas chiffrée, je lui ai recommandé de la brûler, en l'assurant que j'en avais près de moi la copie ; mais il n'en fit rien, il conserva ma lettre, et on la lui prit à Paris avec ses autres papiers quand on le mit à la Bastille. »

Cette lettre n'aurait jamais dû voir le jour. Mais vingt ans après l'arrestation de Courlande, en 1789, donc, « le peuple parisien mis en émeute par le duc d'Orléans » (intéressante précision), démantèle la Bastille, se saisit de l'archive et publie la lettre de Casa, « avec d'autres pièces curieuses» traduites, après, en allemand et en anglais :

«Les ignorants qui existent dans ce pays où je vis actuellement (la Bohême), et qui comme de raison sont tous mes ennemis, car l'âne n'a jamais pu être ami du cheval, triomphèrent quand ils lurent ce chef d'accusation contre moi... Les animaux Bohêmes qui me firent ce reproche restèrent étonnés, lorsque je leur ai répondu que ma lettre me faisait un honneur immortel et que, n'étant pas ânes, ils devraient l'admirer.»

Le cheval? Entendons, bien sûr, *chevalier* et *cabale*.

Et ici, d'une écriture très régulière, Casa recopie sa lettre.

C'est un texte alchimique classique pour fabriquer de l'or. Casa est un enfant du soleil et non pas du plomb, c'est-à-dire de Saturne. On peut s'étonner que les alchimistes, avec leur prétention de transmutation, ces philosophes «aux grands fronts studieux» (comme dira Rimbaud dans son sonnet des *Voyelles*), soient morts pauvres. Qu'ils aient été surveillés, pourchassés, souvent exécutés dans l'ombre, est un élément de réponse. Que tout cela soit imposture et fumée, Casa n'arrête pas de le dire, sauf quand les «ânes» applaudissent. Il n'en reste pas moins que Courlande est un voleur, à qui Casa s'adresse en ces termes :

«L'opération exige ma présence par rapport à la construction du fourneau et à l'extrême diligence de l'exécution, car la moindre faute la ferait manquer… La seule grâce que je vous demande est celle d'attendre à faire cette opération lorsque nous nous rejoindrons. Ne pouvant pas travailler seul, vous ne pouvez vous fier de personne ; car quand même l'opération réussirait, celui qui vous aiderait violerait votre secret… J'ai fait l'arbre de projection chez la marquise de Poncarré d'Urfé… Ma fortune serait actuellement dans le plus haut degré pour ce qui regarde les richesses, si j'avais pu me fier à un prince maître d'une monnaie. Ce bonheur ne m'est arrivé qu'aujourd'hui… »

Suivent des indications techniques qui doivent entraîner la fabrication de vraie-fausse monnaie d'or. «Secret d'État», on veut bien, si l'affaire n'est pas une plaisanterie de charlatan. Or Casa n'avoue pas (alors qu'il le fait volontiers le reste du temps). Et, de plus, il se coupe : c'est donc lui qui « travaillait » dans le laboratoire de Mme d'Urfé ? Mais à quoi exactement ?

Casa demande à Courlande de lui donner, outre la direction des travaux, « la matière qu'il plaira à Votre Altesse de me destiner, la faisant frapper au coin que je vous indiquerai. Souvenez-vous, Monseigneur, que ce doit être le secret de l'État. Vous, prince, devez comprendre la force de cette phrase ».

Courlande est mort en 1801, dans une situation médiocre, en Prusse. On l'a beaucoup vu avant, en Pologne et en Russie. La seule question est la suivante : pourquoi, bien qu'un ensemble imposant d'accusations ait été dressé contre lui à l'époque, a-t-il été remis en liberté le 24 avril 1768, sous une caution de cinquante mille francs déposée par l'évêque de Vilna ? La lettre de Casa n'était-elle pas accablante ? Et pourquoi, au lieu d'en faire une parenthèse loufoque, le chevalier de Seingalt la recopie-t-il soigneusement dans l'*Histoire de ma vie*, manuscrit dont il ne peut même pas penser qu'il sera publié un jour ? Défi ? Sérieux ? Pied de nez aux « ânes » ? Tout cela à la fois ?

Casa roule vers Paris. Il traverse Spa, s'arrête, apprécie la nièce de son logeur qui a un beau prénom qu'on devrait remettre à la mode : Merci. Elle couche près de sa chambre. Il tente sa chance, veut la caresser, et reçoit un coup de poing dans le nez. Décidément, il vieillit. Il saigne.

À Paris, il est dépaysé, égaré, il ne reconnaît plus rien, ou presque :

«Paris me parut un nouveau monde. Mme d'Urfé était morte, mes vieilles connaissances avaient changé de maison et de fortune. J'ai trouvé des riches devenus pauvres, des pauvres, riches, les filles de joie toutes neuves, celles que j'avais connues étant allées figurer dans les provinces où tout ce qui arrive de Paris est fêté et porté aux nues...»

En réalité, Mme d'Urfé n'est pas encore morte, mais elle n'existe plus pour lui. Il y a encore Mme du Rumain à qui il a rendu sa voix, autrefois. Il y a une mort innocente, Charlotte, une fille de dix-sept ans, dans un accouchement raté où Casa n'est pour rien. C'est la première fois qu'on le voit affecté, désintéressé, dépensant du temps par charité. Et puis Bragadin meurt, le fidèle entre les fidèles, «là-haut», à Venise. Il laisse mille écus à son fils adoptif, mais c'est triste. Casa se fait peu à peu à l'idée qu'il a un *certain âge*. Il ne reste pas tranquille longtemps, une lettre de cachet lui ordonne de quitter le territoire. «Car tel est notre plaisir», disaient les rois en ce temps-là.

Il passe par Orléans, Poitiers, Angoulême, il va vers l'Espagne.

«Je suis arrivé à Bordeaux, où j'ai passé huit jours. Après Paris, c'est la première ville de toute la France.»

Stendhal se souviendra de cette phrase.

Il est à Pampelune, il rejoint Madrid.

La langue le frappe aussitôt. Elle contient beaucoup de *a*. Comme *Casanova*.

«Une des plus belles langues de l'univers, sonore, énergique, majestueuse.» Elle ne vaut pas l'italien, mais presque.

Il s'appelle Jaime, désormais (Jacques, en espagnol). D'un côté l'Inquisition, de l'autre les femmes (rien de nouveau sous le soleil, il n'y a que la couleur de l'Inquisition qui change) :

«Les femmes sont très jolies, ardentes de désirs, et toutes prêtes à donner la main à des manèges tendant à tromper tous les êtres qui les entourent pour espionner leurs pensées.»

À Madrid, l'envoyé de l'ambassadeur de Venise est très aimable avec Casa (il tentera plus tard de le faire assassiner). Le monde est petit : il s'agit du fils de Manuzzi, l'espion qui a fait envoyer Giacomo sous les Plombs en le dénonçant autrefois aux Inquisiteurs. Il est de la « manchette », autrement dit il occupe le rôle de « maîtresse antiphysique » de l'ambassadeur (à moins que ce ne soit le contraire). Terrain glissant, manœuvres difficiles, d'autant plus que la superstition et la dévotion dénonciatrice sont partout :

« Les Espagnols sont édifiés de tout ce qui démontre que dans tout ce qu'ils font, ils ne perdent jamais de vue la religion. Il n'y a point de courtisane qui, se trouvant avec son amant et cédant au désir amoureux, se détermine à l'exploit sans avoir auparavant couvert avec son mouchoir le crucifix, et tourné vers le mur les tableaux qui représentent l'image de quelque saint. Celui qui en rirait, l'homme qui appellerait cette cérémonie absurde et superstitieuse, passerait pour athée, et la courtisane irait le dénoncer. »

Nous voilà bien, mais rien n'empêche le libertinage. Casa se jette à l'eau, c'est-à-dire dans le *fandango* :

« Je ne saurais en faire la description. Chacun avec sa chacune dansait face à face, ne faisant jamais que trois pas, frappant des castagnettes qu'on tient entre les doigts, et accompagnant l'harmonie avec des attitudes dont on ne pouvait voir rien de plus lascif. Celles de l'homme indiquaient visiblement l'action de l'amour heureux, celles de la femme le consentement, le ravissement, l'extase du plaisir. Il me paraissait qu'une femme quelconque ne pouvait plus rien refuser à un homme avec qui elle aurait dansé le *fandango*. Le plaisir que j'avais à le voir me faisait faire des cris… »

Don Jaime Casanova découvre la gitanerie. Il apprend vite :

« J'appris si bien en trois jours l'allure de cette danse que, par l'aveu même des Espagnols, il n'y avait personne à Madrid qui pût se vanter de la danser mieux que moi. »

Le reste s'ensuit. Casa entre dans une église (celle de la *Soledad*), voit une beauté, la suit

(elle habite rue del Desengaño, de la désillu-
sion), il monte, se présente, et invite, en Chevalier étranger qui ne connaît personne, la
beauté à aller au bal. Il faut que la famille
accepte. Ne voilà-t-il pas un pigeon possible?
Laissons venir.

Casanova s'amuse. La beauté s'appelle Ignazia et, bien entendu, elle a près de son lit un portrait de saint Ignace de Loyola, «physionomie
jeune et belle qui inspirait l'amour physique».
Discret hommage aux jésuites, dans le style insolent qui convient. Il commence ses approches
par les enveloppements habituels, séduction des
cousines innocentes, travestissements pour rire,
jeux à la Goya de l'époque lumineuse. La cor-
rida, pour lui, se pratique en chambre, c'est une
question de passes, de changements de ton, de
danses avec avancées et reculs:

«Rien n'est plus certain que ceci: une fille
dévote ressent, quand elle fait avec son amant
l'œuvre de chair, cent fois plus de plaisir qu'une
autre exempte du préjugé. Cette vérité est trop
dans la nature pour que je croie nécessaire de la
démontrer à mon lecteur.»

Mais si, *démontrez-nous* la chose, au contraire.
Et dites-nous si la lutte contre la dévotion n'a
pas, pour cause cachée, le désir d'empêcher les

femmes de jouir *trop*? Le libertin se retrouve dans une situation étrange : nécessité de détruire toute superstition refoulante, d'un côté ; mais, de l'autre, impossibilité de consentir à la mise à plat des désirs. Il y a deux formes de puritanisme ; le clérical et l'anticlérical ; l'ignorant et le faux savant ; le religieux et le technique ; le prude et le pornographique. Qu'est-ce qui fait la différence entre faux Dieu et jouissance ; entre érotisme et misère sexuelle ? Le goût, la représentation.

Ce n'est pas par hasard si Casa insère ici des digressions sur la danse et la peinture. Il y a, par exemple, dans une église de Madrid, un très beau tableau de Vierge à l'Enfant. La gorge dégagée de la Vierge excite la sensualité. Les dévots affluent, et laissent dans cette église beaucoup d'argent. Un jour, presque plus personne. Intrigué, Casa entre, et constate que le nouveau chapelain a peint un mouchoir sur le sein de la Vierge (« Cachez ce sein que je ne saurais voir »). Le curé a trente ans, il est formel :

« Périssent tous les beaux tableaux si tous ensemble ils peuvent être la cause du moindre péché mortel. »

À Venise, lui dit Casa, on vous aurait mis aussitôt sous les Plombs pour ce crime (et en effet, c'est un crime). «Je ne pouvais dire la messe, lui répond le jeune curé, ce beau sein me troublait la fantaisie. »

Ce qu'il fallait démontrer. Dans la tête du curé, fonctionnait non pas un tableau de Raphaël ou du Titien, mais bel et bien une photo porno. Nous vivons désormais dans une société où une photo porno ne gêne absolument pas les autres marchandises. On peut passer à New York, sans transition, d'un temple luthérien ascétique à un sex-shop. Où est le problème ? En effet, il n'y en a plus. Les rapports «bucco-génitaux» ne sont peut-être pas «sexuels». Et une jeune femme d'aujourd'hui, tout en pratiquant des fellations multiples, peut très simplement continuer à faire du tricot et à lire des romans à l'eau de rose. Comme la société où elle vit, c'est une dévote de notre temps, voilà tout.

Ignazia a peur de mourir en état de péché mortel pendant son sommeil. Voilà qui forme l'imagination. Un jour, elle est contrainte de choisir : son confesseur ou Casa. Son confesseur lui refuse l'absolution ? Ce sera Casa. Comme quoi, peu névrosée, elle n'avait pas besoin d'une psychanalyse.

L'envers parodique de la dévote irréductible est l'*andromane*. Exemple, la duchesse de Villadarias :

«Elle s'emparait de l'homme qui lui excitait l'instinct, et il devait la satisfaire. Cela lui était arrivé plusieurs fois dans des assemblées publiques, d'où les assistants avaient dû se sauver. »

La matrice est-elle donc un «animal absolu, irraisonnable, indomptable... un féroce viscère »? « *Tota mulier in utero*», comme disaient les théologiens? Doit-on expliquer ainsi l'existence des saintes et des Messaline? Pas plus que l'existence des saints ou des obsédés ne dérive de la nature automatique du pénis, phallus à éclipses. Casanova a écrit et publié de son vivant un drôle de petit pamphlet sur la question, *Lana Caprina, Lettre d'un lycanthrope* (en italien). Dans l'*Histoire de ma vie*, il se demande, avec un apparent sérieux, s'il aurait aimé être une femme. Sa réponse est catégorique : non, à cause du risque d'être enceinte. Mais oui, s'il s'agit simplement de revivre :

« Tirésias, qui avait été femme, prononça une sentence vraie, mais qui fait rire, parce qu'il semble qu'on ait mis les deux plaisirs sur une balance. »

Tirésias donnait l'avantage aux femmes dans le plaisir, mais on ne peut pas mettre les hommes et les femmes, à propos de cette question, sur la même balance. Pourquoi cette évidence est-elle si peu reconnue ? Manie du calcul.

À Madrid, Casa a connu la prison du Buen Retiro, infestée de puces, de punaises, de poux. Il a passé des nuits sur un banc, avec, de nouveau, la peur de devenir fou. Heureusement qu'il peut compter sur le parti encyclopédiste (d'Aranda, Campomanes) : c'est le moment de l'expulsion des jésuites. L'Inquisition, « dont le chef-d'œuvre est de maintenir les chrétiens dans l'ignorance », est sur la défensive. Mais le roi d'Espagne, Charles III, est dévot. De même, autrefois, « Louis XIV bavardait trop avec ses confesseurs ». Bref, Casa s'en sort, visite Tolède, Aranjuez ; lit « le chef-d'œuvre de Cervantès...

superbe roman ». Il médite sur la Fortune.
Déesse aveugle ? Pas du tout :

« Il semble qu'elle n'ait voulu exercer sur
moi un empire absolu que pour me convaincre
qu'elle raisonne, et qu'elle est maîtresse de
tout ; pour m'en convaincre, elle employa des
moyens frappants tous faits pour me faire agir
par force, et pour me faire comprendre que ma
volonté, bien loin de me déclarer libre, n'était
qu'un instrument dont elle se servait pour faire
de moi tout ce qu'elle voulait. »

Casa hésite. Tout est déterminé, mais
l'homme est libre. La Fortune (Dieu, la Providence, la Fatalité, le Destin, la Nécessité, etc.)
existe de façon toute-puissante, et pourtant
non. Il a tantôt une grippe violente, de la
fièvre, la vérole, une fistule ; tantôt un bonheur
inouï. Malgré tout, il tient à nous faire savoir
qu'il est mené par une force qui raisonne. La
liberté et la vérité (« seul dieu que j'adore ») ne
sont peut-être pas une question de *volonté*. Il y a
un raisonnement sur moi qui ne vient pas de
moi, il y a de la grâce et de la disgrâce. *Sum,
quia sentio*. Je suis, parce que je sens. Si je devais
renaître, dit Casa, je voudrais que ce soit avec
ma mémoire, autrement ce ne serait plus moi.
Il tient donc à lui. En le lisant, nous aussi. Il

choisit son éternel retour, il s'en donne le courage et la preuve. Être «l'instrument» de la Fortune, quelle plus belle musique? Il faut juste savoir la noter, c'est un don. L'alchimie, rappelons-le, est «l'art de musique».

Casa a été indiscret à propos des mœurs de Manuzzi et de l'ambassadeur de Venise. Il reçoit un coup de manchette. Il doit partir en catastrophe. Des tueurs le suivent, il leur échappe. Le voici, après Saragosse, à Valence.

Lola de Valence, pour lui, s'appelle Nina. C'est la maîtresse du capitaine général de Barcelone (ce qui va coûter cher à notre libertin voyageur). Il fait avec elle quelques orgies. Nina est terrible :

« Je voyais devant moi une femme belle comme un ange, atroce comme un diable, affreuse putain née pour punir tous ceux qui pour leur malheur deviendraient amoureux d'elle. J'en avais connu d'autres dans ce goût-là, mais jamais une égale. »

Elle le fait venir à Barcelone, excite la jalousie de son amant officiel, ce qui va entraîner, pour Casa, une autre tentative d'assassinat. Finalement, il est arrêté, conduit dans « la Tour », la prison recommence.

Il demande du papier et de l'encre : en quarante jours, il écrit sa réfutation de l'*Histoire du gouvernement de Venise*, d'Amelot de la Houssaye. Son but, dès maintenant, est clair : rentrer en grâce auprès du gouvernement de la Sérénissime République, revenir « là-haut », seul endroit vivable ici-bas.

Adieu l'Espagne. Il traverse Perpignan, Béziers, Montpellier ; arrive à Aix-en-Provence où vit le marquis d'Argens. Confidence sexuelle : il sent que son « temps prodigieux est passé ». Il tombe malade, pleurésie violente, crachements de sang. Une femme inconnue le soigne, envoyée pour veiller sur lui par la fidèle Henriette. Il a probablement aperçu Henriette, sans la reconnaître, à Aix. Elle a engraissé, paraît-il. Elle ne tient toujours pas à le revoir. Plus tard, pour parler tranquillement, peut-être.

«Voilà les beaux moments de ma vie. Ces rencontres heureuses, imprévues, inattendues, tout à fait fortuites, dues au pur hasard, et d'autant plus chères. »

Autre confidence :

«Plus j'avançais en âge, plus ce qui m'attachait aux femmes était l'esprit. Il devenait le véhicule dont mes sens émoussés avaient besoin pour se mettre en mouvement. »

Il croise Balsamo (Cagliostro) déguisé en pèlerin, et accompagné de sa femme. Il retient son don d'imitateur, virtuose en écritures. C'est tout juste si, fatigué, il ne tombe pas dans le roman sentimental avec Miss Beti, une Anglaise. Il pourrait écrire aussi ce genre de littérature. Mais la Fortune veille, elle en décide autrement.

Casanova est rentré en Italie, c'est le retour d'Ulysse dans sa patrie, mais pas encore dans sa ville. L'air lui parle, la langue le baigne, son corps se redéploie lentement. Don Juan est plus à l'aise en Don Giovanni, on le verra plus tard. Quoique de son âge, Don Giacomo n'est pas au bout du bonheur, loin s'en faut. Il sent qu'il doit aller dans le Sud, *son* Sud : Naples, Sorrente. Une odeur de femme ? Un regard, plutôt :

« Cette fille avait des yeux d'un noir si brillant qu'il lui aurait été impossible de les empêcher de rendre amoureux ceux qui les fixaient, comme de leur faire dire plus que ce qu'ils disaient, même malgré elle. »

Elle s'appelle Callimène. Casa décide que son nom veut dire, en grec, « beauté en fureur » (ce qui peut se soutenir étymologiquement), et même « belle lune » (pourquoi pas). Il s'échauffe. La beauté a quatorze ans, et en paraît dix-huit, l'idéal de la jeune débutante. Elle joue du clavecin. Elle résiste un peu, pas longtemps :

« Cette partie de Sorrente fut le dernier véritable bonheur que j'ai goûté dans ma vie... Ce jour-là Callimène couronna ma flamme, après avoir combattu contre elle-même deux jours de suite. Le troisième jour, à cinq heures du matin, à la présence d'Apollon qui sortait de l'horizon, assis l'un près de l'autre sur l'herbe, nous nous abandonnâmes à nos désirs. Callimène ne se sacrifia ni à l'intérêt, ni à la reconnaissance, car je ne lui avais donné que des bagatelles, mais à l'amour, et je n'ai pas pu en douter ; elle se donna à moi et elle fut fâchée d'avoir différé si longtemps à me faire ce cadeau. Avant midi, nous changeâmes trois fois d'autel, et nous passâmes l'après-dîner en allant partout, nous promenant, et faisant halte d'abord que la moindre étincelle se faisait sentir pour nous faire naître l'envie de l'éteindre. »

On a, dans ce passage, l'exemple du style *fleuri* de Casanova lorsqu'il a une intention solennelle. Apollon, le troisième jour, cinq heures du matin, trois changements « d'autel », pas de doute, c'est un rituel magique. Gratuit, donc rare. Casa avait un peu perdu l'habitude qu'on lui fasse des *cadeaux*. Le nom de la fille est grec. Apollon n'est pas là pour rien, la scène est édénique, Giacomo s'offre une tranche de paradis terrestre. On pense au fabuleux et frais tableau du vieux Poussin, *Apollon amoureux de Daphné*. Casa va s'atteler bientôt à une traduction de l'*Iliade*. L'Arioste, Homère, voilà des alliés sérieux. Mais comment ne pas comprendre qu'il est sûr, ici, d'avoir son Odyssée à lui ? La Fortune, avec son vent favorable ou hostile, couvre une navigation sur terre, parmi les mortels, pendant que le héros d'endurance, aux « mille tours », rêve de rentrer chez lui, à Ithaque, à Venise. Il est sous le regard des dieux. Dans l'*Odyssée*, Athéna protège son « grand cœur » d'Ulysse ; mais Apollon ne dédaigne pas de donner un coup de main à Casa, dans l'herbe, avec sa petite musicienne aux yeux noirs qui se trouve d'*accord* avec lui. *D'accord* : ça ne s'explique pas, c'est comme ça, profitons d'un moment heureux de nature.

Vite, car le jeu ne tarde pas à languir, le pharaon est tout sauf une banque stable. Il faut encore se battre en duel. Naples est quand même un lieu favorable. Casa jette un coup d'œil par la fenêtre sur la cour boueuse du château de Dux, et il note :

« La ville de Naples fut le temple de ma fortune toutes les quatre fois que je m'y suis arrêté. Si j'y allais à présent, j'y mourrais de faim. La Fortune méprise la vieillesse. »

La vieillesse de l'acteur, sûrement, mais pas celle de celui qui tient la plume : Apollon le couronnera dans le temps.

Un voyageur, parmi d'autres (Vivant Denon, par exemple), est aussi très heureux à Naples : le marquis de Sade, en 1776 (Casanova est alors rentré à Venise). Pour s'en convaincre, il suffit d'ouvrir ce chef-d'œuvre qu'est *Juliette*. Sade est un volcan, Casanova, un jardin. Sade massacre allégrement le genre humain, Casanova le civilise. La nuit est aussi un soleil. Les ténèbres et la lumière sont aux antipodes de la grisaille obscurantiste. Que la nuit soit aussi un soleil est, bien entendu, une formule de Nietzsche. Cette raison extrême choquera toujours le clergé ambiant.

On ne s'attardera pas ici sur les amateurs qui veulent opposer Naples et Venise (*Contre Venise* : on imagine le sourire de Casa). Toutes les sensations, les plus fortes comme les plus nuancées, sont les bienvenues. Tous les *ports*.

(Je me souviens d'un déjeuner avec François Mitterrand, en 1988. Il vient d'être réélu président de la République, il découvre Venise sur le tard, il est las de l'Hexagone à la petite semaine. Après avoir marqué sa curiosité de connaître le «terrible monsieur Sollers» (rires), il me dit presque tout de suite qu'il est en train de lire Casanova (j'aurais dû lui demander dans quelle édition). Assis à côté de moi, sur un canapé, il me tapote paternellement la cuisse, en me glissant à l'oreille : «Attention à votre santé, hein ?» (J'ai alors l'impression qu'il va me tendre des préservatifs.) Octavio Paz, qui se trouve là, commence, un peu lourdement, à faire la petite bouche sur Casa : «Manque de profondeur, de sens du tragique, etc.» Mitterrand l'interrompt, agacé : «Vous croyez ? Ce sens de l'instant, cette frénésie de vivre ? Vous croyez vraiment ? Qu'en pensez-vous, monsieur Sollers ?»... Je donne raison au président, puisqu'il dit l'évidence. En réalité, il est malade ; tout l'ennuie ; il n'a pas envie de continuer ses entretiens ridicules et fumeux avec Marguerite Duras ; il est comme un insecte attiré par la lumière vénitienne ; sa fille encore plus ou moins cachée, Mazarine, l'Antigone de sa vieillesse, doit avoir, à ce moment-là, quatorze ans.)

Casa a pris Naples, au petit matin, à Sorrente. Mais Salerne est un opéra dans la nuit.

Lucrèce, son ancien amour, et Léonilde, sa fille, sont là. Léonilde avait seize ans quand elle a vu «se distiller» son père; elle en a aujourd'hui vingt-cinq; c'est une «beauté parfaite»; elle est devenue marquise en épousant M. de la C..., soixante-dix ans, riche, mais souffrant de la goutte :

«Un seigneur de soixante-dix ans, qui pût se vanter d'avoir vu la lumière, était, il y a trente ans, un rare phénomène dans la monarchie sicilienne.»

Autrement dit, le marquis est franc-maçon. Casanova et lui s'*embrassent* :

«Assis près de lui, ces renouvellements de notre divine alliance par embrassements recommencent, et les deux femmes présentes, tout étonnées, ne concevaient pas comment cette reconnaissance pouvait avoir lieu. Donna Leonilda se réjouit de voir que son mari me connaissait d'ancienne date, elle le lui dit en l'embrassant, et le bon vieillard se pâmait de rire. La seule Donna Lucrezia se doute de la vérité; sa fille n'y comprend rien et garde sa curiosité pour un autre temps.»

Casa et le marquis sont Frères par alliance «divine». Celle-ci rejoint une alliance humaine. Casanova ne se prive de rien.

Le marquis de la C... (Giacomo s'amuse) est un homme éclairé, qui a beaucoup voyagé et vécu. Il ne s'est marié que dans l'espoir d'avoir un héritier. Malade, il peut encore agir dans ce sens avec sa femme (Léonilde), mais sans être sûr des suites de son action. Il aime sa femme, «esprit fort», comme lui, mais dans le plus grand secret :

«À Salerne, personne n'avait d'esprit, et il vivait donc avec sa femme et sa belle-mère en bon chrétien, adoptant tous les préjugés de ses compatriotes.»

Le lecteur «libéré» d'aujourd'hui devine-t-il la suite ? Pas sûr.

Il va être beaucoup question d'une «lettre de change à neuf mois», dont Léonilde doit assurer le paiement. Casa est l'étalon-or qui doit donc féconder sa propre fille, en étant d'ailleurs rémunéré pour ça. On peut souhaiter à Léonilde et au marquis «un beau garçon à neuf mois de date».

Il faut lire attentivement pour comprendre : rien n'est dit comme je viens de le dire. Cette séquence de l'*Histoire de ma vie* est traitée avec un art extrême. Casa n'écrit pas : «J'ai fait un enfant à ma fille pour qu'il soit l'héritier du marquis.» Lui-même, au départ, peut supposer que le marquis ne sait pas que Léonilde est sa fille, alors qu'il le sait très bien (et qu'il surprendra singulièrement Casa en le lui précisant après coup, tout en lui donnant de l'argent).

Les apparences sont respectées (les opérations auront lieu dans une maison de campagne) ; le marquis «rendra visite» pendant la nuit à sa femme. Cependant, la «négociation» a déjà eu lieu.

Giacomo, Lucrezia et Léonilde sont dans une grotte. Ils se rappellent la nuit qu'ils ont passée ensemble neuf ans auparavant. Lucrezia, discrète, laisse sa fille et son père ensemble, tout en leur recommandant de ne pas «commettre le crime» :

« Ces paroles, suivies de son départ, firent un effet tout contraire au précepte qu'elle nous donnait. Déterminés à ne pas consommer le prétendu crime, nous le touchâmes de si près qu'un mouvement presque involontaire nous força à le consommer si complètement que nous n'aurions pu faire davantage si nous avions agi en conséquence d'un dessein prémédité dans toute la liberté de la raison. Nous restâmes immobiles en nous regardant sans changer de posture, tous les deux sérieux et muets, en proie à la réflexion, étonnés, comme nous nous le dîmes après, de ne nous sentir ni coupables, ni victimes d'un remords. Nous nous arrangeâmes, et ma fille, assise près de moi, m'appela son mari en même temps que je l'ai appelée ma femme. Nous confirmâmes par de doux baisers ce que nous venions de faire, et un ange même qui serait alors venu nous dire que nous avions monstrueusement outragé la nature nous aurait fait rire. Absorbés dans cette très décente tendresse, Donna Lucrezia fut édifiée de nous voir si tranquilles. »

Le reste est péripétie, y compris la façon dont Anastasia, une servante de Léonilde que Casa a lutinée autrefois, « intercepte » l'étalon-père, et essaye de détourner la lettre à son profit.

Finalement, tout le monde est heureux dans le crime le plus innocent du monde. Casa récupère cinq mille ducats, on fête son départ, les larmes coulent.

Il faut imaginer un jeune marquis, plus tard, disant à une de ses maîtresses : « Je suis le fils de la fille de mon père qui était, en réalité, Casanova. »

Le fils de la fille de mon père : cela ressemble étrangement à la formule théologique (concentrée par Dante au début de son *Paradis*), « Vierge mère, fille de ton fils ». On est ici au cœur de la rose incestueuse. Un ange passe.

Don Giacomo marche maintenant sur Rome. Nous arrivons chez la duchesse de Fiano, très bon caractère, laide, malheureusement pas riche .

« Ayant très peu d'esprit, elle avait pris le parti d'être gaiement médisante pour faire croire qu'elle en avait beaucoup. »

300

Son mari est impuissant, *babilano, babilan* (le mot a été repris par Stendhal pour décrire cet inconvénient).

Mais la grande actualité romaine est alors celle de la suppression des jésuites. Cédant aux pressions monarchiques, Clément XIV (Ganganelli) a décidé de dissoudre la Compagnie. Casa, à ce moment-là, a besoin de travailler en bibliothèque. Il est très bien reçu par les jésuites de la Vaticane :

« Les jésuites furent toujours les plus polis de tous les ordres séculiers de notre religion, et même, si j'ose le dire, les seuls polis. Mais dans la crise où ils se trouvaient dans ce temps-là, leur politesse était poussée si loin qu'ils me parurent rampants. »

Cela n'empêche pas Casanova d'accuser fermement les jésuites de s'être vengés de Clément XIV en l'empoisonnant : « Ce fut le dernier essai qu'après leur trépas ils donnèrent de leur pouvoir. » Il faut remarquer à ce propos que Don Giacomo est, comme par hasard, toujours plus ou moins dans la coulisse lorsqu'il s'agit des jésuites. Vieille histoire, mais qui, à partir du milieu du XVIIIe siècle, occupe parti-

culièrement la France, le Portugal, l'Espagne,
l'Italie. Le complot des jésuites, le complot
maçonnique? Pas de fumée sans feu, même s'il
y a beaucoup plus de fumée que de feu. C'est
dans ce contexte que réapparaît logiquement
le cardinal de Bernis.

Bernis, qui est resté en correspondance avec
M. M. (toujours religieuse à Venise), a une « maîtresse de tranquillité », la princesse de Santa
Croce, « jeune, jolie, gaie, vive, curieuse, riante,
parlant toujours, interrogeant et n'ayant pas la
patience d'entendre la réponse tout entière ».

« J'ai vu dans cette jeune femme un vrai jou-
jou fait pour amuser l'esprit et le cœur d'un
homme voluptueux et sage, qui avait sur le
corps de grandes affaires et qui avait besoin de
se distraire. »

Bernis voit la princesse trois fois par jour. Ils
sont tous les deux les complices de Casa à Rome.

Est-ce pour amuser ses amis? Don Giacomo
est vite impliqué dans une nouvelle intrigue de

couvent, une maison de placement, plutôt, pour jeunes filles pauvres. Là, il tombe amoureux d'Armelline qui «a un air pâle et une tristesse qui paraissait l'effet d'une quantité de désirs qu'elle devait étouffer».

Entente avec la mère supérieure, fourniture d'habits d'hiver, de café, de sucre; la charité intéressée participe à l'assaut, pendant que les «bigotes surannées» s'offusquent. La libération des filles est au programme, et Bernis et la princesse sont trop heureux d'y contribuer. D'où vient que ce chapitre paraît répétitif, presque ennuyeux ? Armelline est un bon exemple de la force de l'éducation, et Casa ne se trouve pas disposé à être un «martyr de la vertu». C'est le cas, cependant. Certes, il recourt à sa vieille technique, soupers avec une amie d'Armelline, huîtres, champagne, jeux pseudo-innocents, travestissements, habillages, rhabillages, c'est délicieux, c'est idiot, mais on peut encore jouir en douce en gobant une huître sur un sein :

«Lorsqu'elle me vit, comme stupide, fixant mes yeux sur les siens, elle me demanda si j'avais eu bien du plaisir à contrefaire l'enfant à la mamelle.»

Vieil enfant, jeune mamelle. Vierge dont l'enfant est un peu gâteux. Casa avoue son fantasme : il est un fils en train de téter le sein d'une mère qui serait sa fille. Bon. Mais, dans ce cas-là, il met du temps à aller plus loin. Colin-maillard, frôlements, caresses, marivaudage, écume, rien de sérieux. En réalité, ces filles pensent plutôt à se marier, et Casa découvre la lune. On les comprend, d'ailleurs, à quoi bon le reste. Il faut se *caser*. Casa n'est pas le bon coup, et, déjà, des jeunes gens rôdent. Bonne chance à tous, au revoir.

Don Giacomo se replie en «famille». Voici par exemple une autre de ses filles supposées, Jacomine (entre-temps, bravo à Léonilde qui a bien eu un fils). Jacomine, fille de Mariuccia, est plus belle que Sophie, restée à Londres. Le temps, décidément, se contracte. Et comme si ça ne suffisait pas, le frère de Giacomo, Zanetto (prénom au masculin de sa mère), débarque avec sa fille, Guillelmine. Au mot de *nièce*, c'est fatal, Casa prend feu :

«À cette nouvelle, je me suis déterminé à aimer cette nièce, et ce que j'ai trouvé plaisant et extraordinaire fut que je me suis trouvé déterminé à cette amourette par une espèce d'esprit de vengeance. Je laisse aux physiciens

plus savants que moi l'interprétation de phéno-
mènes de cette espèce. »

On sourit freudiennement, mais Casa, en réalité, fait une découverte. Toute sexualité n'est
sans doute qu'une dérivation ou une « vengeance » familiale. Familles, vous m'excitez.
Certains prétendent le contraire, mais ils men-
tent. L'aimant incestueux règne sur tout ce
bazar, y compris sur celui qui se donne comme
le plus éloigné du respect dû aux familles.
Le pédophile, par exemple, est un familialiste
convaincu (beaucoup trop). Familles, je vous
hais, parce que je vous adore. L'indifférent à la
famille (à la Sainte-Famille) serait une sorte
de dieu. La sollicitation sexuelle, d'où qu'elle
vienne et de quelque nature qu'elle soit (et surtout sa répression obsédante), est une invitation
au familial, à la grande promiscuité biologique.

Voici donc Casa entre sa nièce et sa fille
(treize ans et neuf ans). Elles prennent des
leçons de dessin : copies de l'Apollon du Belvé-
dère, d'Antinoüs, d'Hercule, de la *Vénus* du
Titien (« couchée, tenant sa main là même où
j'avais vu celle de ces bonnes filles »).
Car il les a *vues*, dans le lit où elles dorment :

«Je vois les deux innocentes qui, ayant un bras étendu chacune sur leur propre ventre, tenaient la main un peu courbée sur les marques de leur puberté qui commençaient à pousser. Leur doigt du milieu encore plus courbé se tenait immobile sur une petite partie de chair ronde et presque imperceptible. Ce fut le seul moment de ma vie dans lequel j'ai connu avec évidence la véritable trempe de mon âme, et j'en fus satisfait. J'ai ressenti une horreur délicieuse. Ce sentiment nouveau me força à recouvrir les deux nudités ; mes mains tremblaient.»

Mariuccia, qui a ouvert le lit, n'a pas «un esprit pour comprendre la grandeur de ce moment». «Ces filles auraient pu mourir de douleur, si elles se fussent réveillées dans le moment que je considérais leur belle attitude. Une seule ignorance invincible aurait pu les garantir de la mort, et je ne pouvais pas la leur supposer.»

Pas de *trahison*, donc. Pas d'atteinte à la pudeur, à la «sécurité» du sommeil ou de l'auto-érotisme de l'autre. En revanche, au lit éveillé, on va vite aux «baisers à gogo». Casa fait quand même l'amour à Guillelmine devant Jacomine qui lui *demande*, dit-il, de lui en faire autant (exercice peu recommandable, compte tenu de son âge). Quant à Guillelmine, Casa s'exprime en ces termes : «Je voulais remercier mon frère d'avoir créé ce bijou pour la consolation de mon âme.»

Conclusion surréaliste : il y a une loterie, tout le monde décide d'y jouer. La petite Jacomine dit simplement «27». Casa fait jouer toutes les combinaisons du 27. Il gagne, et tient sa promesse : il emmène Mariuccia, Guillelmine et Jacomine pour la Semaine Sainte à Rome (ils viennent de Frascati).

Encore mieux : il devait composer une ode sur la Rédemption. L'inspiration lui manquait jusque-là. La voici, elle souffle. Il récite son ode le Jeudi Saint. Il pleure et fait pleurer tous les académiciens. Bernis lui chuchote : «Quel comédien vous faites!» Casa, surpris de cette réflexion, lui répond que non, *c'était vrai*. Le cardinal le contemple un moment, pensif.

Autre conclusion possible : «Vice n'est pas synonyme de crime, car on peut être vicieux sans être criminel. Tel je fus dans toute ma vie, et j'ose même dire que je fus souvent vertueux dans l'actualité du vice.»

Autrement dit (proposition scandaleuse) : le bonheur du vice peut être renforcé par celui de la vertu.

«Quand j'ai quitté Venise, l'an 1783, Dieu aurait dû me faire aller à Rome, ou à Naples, ou en Sicile, ou à Parme, et ma vieillesse, selon toute apparence, aurait été heureuse... Aujourd'hui, dans ma soixante-treizième année de mon âge, je n'ai besoin que de vivre en paix, et loin de toute personne qui puisse s'imaginer avoir des droits sur ma liberté morale, car il est impossible qu'une espèce de tyrannie n'accompagne cette imagination.»

Dans le cas de Casa, Dieu est bohémien. C'est un Dieu qui sait ce qu'il fait en enfermant cet aventurier-là dans une bibliothèque, près de Prague. Il faut le forcer à écrire ses Mémoires. Dieu, c'est le Temps. Il est vain de prévoir ce qu'il prépare.

Giacomo, donc, se sent vieux à quarante-six ans. Il lui semble qu'il doit se préparer une «belle retraite». Il se donne, dit-il, «entièrement à l'étude ». À Florence, sa traduction de l'*Iliade* lui prend une à deux heures par jour. Il lit, il écrit. Mais sa réputation le suit, et il est chassé de Florence :

« Le grand-duc ne faisait que semblant d'aimer la littérature... Ce prince ne lisait jamais et préférait la mauvaise prose à la plus belle poésie. Ce qu'il aimait était les femmes et l'argent. »

Portrait de monsieur-tout-le-monde.

À Bologne, au contraire, « tout le monde sent la littérature... et quoique l'Inquisition existe, on la trompe facilement ».

C'est là que Casa fait imprimer son libelle *Lana Caprina*. L'horrible Nina est dans les parages, faisant semblant d'être grosse de son amant espagnol. Trafic d'enfant, enfant mort, l'archevêque se fâche, mais Casa n'est nullement partie prenante de ce genre d'escroquerie (au contraire). Une courtisane a un joli nom : Viscioletta. Peu importe, Casa est morose. On ne peut être instruit, dit-il, que par la « cruelle expérience ». Les conseils ne servent à rien :

« L'homme est un animal qui ne peut être endoctriné que par la cruelle expérience. Cette loi fait que le monde existera toujours dans le désordre et dans l'ignorance, car les doctes n'en forment tout au plus que la centième partie. »

La *centième partie*? On voit bien que Casanova est optimiste.

Sur la route de Casanova, les bibliothèques se multiplient. Voici, à Pesaro, celle du comte Mosca (bonjour, Stendhal). Dans bibliothèque, il y a Bible, et la rencontre biblique, en effet, va bientôt avoir lieu.

Casa, de temps en temps, rappelle qu'il a une sorte de Génie qui lui parle avec une voix secrète. Un « démon », comme celui de Socrate. Cette voix parle plutôt pour dissuader que pour recommander. Abstiens-toi, plutôt que : fais ceci ou cela. Mais pour une fois, alors qu'il veut regagner au plus tôt Trieste pour se rapprocher de Venise, la voix lui dit d'aller à Ancône. Pourquoi à Ancône ? Il n'y a pas de raison. Tant pis, il part pour Ancône.

Sur le chemin, le voiturier lui demande de prendre avec lui, dans sa calèche, un Juif qui veut, lui aussi, aller à Ancône. Casa commence par refuser, il ne veut personne dans sa voiture, et «encore moins un Juif». Mais (toujours la voix), il change d'avis.

«Le lendemain, dans la voiture, ce Juif, qui avait assez bonne mine, me demanda pourquoi je n'aimais pas les Juifs.

«— Parce que, lui dis-je, vous êtes par devoir de religion nos ennemis. Vous vous croyez en devoir de nous tromper. Vous ne nous regardez pas comme vos frères. Vous poussez l'usure à l'excès quand, ayant besoin d'argent, nous en empruntons de vous. Vous nous haïssez enfin.»

Le Juif lui dit qu'il se trompe, qu'il n'a qu'à venir avec lui, et qu'il constatera que les Juifs prient aussi pour les chrétiens, à commencer par le pape :

«Je n'ai pu alors retenir un grand éclat de rire parce que c'était vrai, mais je lui dis que ce qui devait prier Dieu devait être le cœur et non pas la bouche, et je l'ai menacé de le jeter hors de la calèche s'il ne convenait que les Juifs ne prieraient certainement pas Dieu pour les chrétiens s'ils étaient souverains dans le pays où ils vivraient, et il fut alors surpris de m'entendre lui citer en langue hébraïque des passages de l'Ancien Testament où il leur était ordonné de saisir toutes les occasions de faire tout le mal possible à tous les non-Juifs qu'ils maudissaient toujours dans leurs prières. Ce pauvre homme n'ouvrit plus la bouche. »

On comprend qu'une amitié est née.

Casanova parlant en «langue hébraïque»? C'est la moindre des choses pour un kabbaliste. A-t-il des préjugés? Il feint d'en avoir.

Curieux, Casa l'invite à dîner. Mais l'autre, bien entendu, a sa nourriture à lui :

«Le superstitieux but de l'eau, parce que, me dit-il, il n'était pas sûr que le vin fût pur. L'après-dîner, dans la voiture, il me dit que si je voulais aller loger chez lui, et me contenter de ne manger que des mets que Dieu n'a pas défendus, il me ferait manger plus délicatement et plus voluptueusement et à meilleur marché qu'à l'auberge, tout seul dans une belle chambre sur la mer.

«— Vous logez donc des chrétiens? lui dis-je.

«— Jamais, mais je veux pour cette fois faire exception pour vous désabuser. »

Je le répète : Casanova est un grand compositeur. Dans la vie *comme* dans l'écrit. Il tient à montrer que sa vie s'est déployée comme si elle s'écrivait à mesure. Le «détour» par Ancône a sa signification profonde :

«Je descends donc chez le Juif, trouvant cela fort singulier. N'y étant pas bien, j'en serais sorti le second jour. Sa femme et ses enfants l'attendaient avec empressement pour célébrer le Sabbat. Dans ce jour consacré au Seigneur, toute œuvre servile étant interdite, je remarque avec plaisir l'air de fête dans les physionomies, dans l'habillement, et dans la propreté de toute la maison. On me fait l'accueil qu'on ferait à un frère, et j'y réponds le mieux que je peux...»

Passage étonnant dans l'histoire de la littérature européenne (surtout chez un homme des Lumières). Casa appelle son hôte Mardoqué, et il veut sans doute dire Mardochée, comme le personnage biblique du *Livre d'Esther*. On s'attend donc qu'il ait une fille intéressante. La voici, elle a dix-huit ans. Casa l'appelle Lia.

Il a déjà eu une aventure avec une autre Lia, juive elle aussi, à Turin. Une négociation difficile, avec achat différé de voiture, promenades à cheval, et enfin bague servant d'argument irrésistible. Une aventure de maquignon, dont il n'a

316

pas lieu d'être fier. Mais ici à Ancône, le ton change. Casa habite dans cette maison avec plaisir, il va même à la synagogue. Il tend bientôt ses filets autour de la nouvelle Lia qui vient lui porter du chocolat dans sa chambre, mais elle ne marche pas, et lui tient tête avec insolence. Tout se passe comme si Giacomo rencontrait enfin *quelqu'un*, et qu'il en était étonné (d'habitude, il est très pressé).

Lia accepte que notre libertin lui fasse un peu de cinéma. Il sort sa collection de gravures érotiques, notamment « une femme couchée sur le dos toute nue et qui se manuélisait » (ici, on s'en souvient, le professeur Laforgue, dans sa réécriture, brandit ses ciseaux et transforme « se manuélisait » en « dans l'acte de se faire illusion »). Or, au lieu de la réaction d'effroi et de rougeur qu'il attend, Casa entend Lia lui dire que « toutes les filles font ça avant leur mariage ». Elle veut bien regarder avec lui toutes les figures pornographiques de l'Arétin (pornographiques et très belles), mais lui-même ne doit faire aucun geste obscène et encore moins exhiber la conséquence organique de son excitation. Il faut rester « l'estampe à la main ». L'humour de Casanova est ici merveilleux : « Elle ne voulait rien voir de vivant. »

Bref, Lia lui donne une leçon de maîtrise :

«Elle philosophait sur cela beaucoup plus savamment que Hedvige le faisait.»

Lia, la jeune Juive, dépasse la «jeune théologienne» de Genève. La supériorité charnelle de la Bible non expurgée, de la Synagogue sur le Temple, de l'original, en somme, sur la version pasteurisée, apparaît en pleine lumière. Lia est *au courant*. On s'en doutait.

Une nuit, Casa se lève et surprend Lia avec un jeune amant. Il les regarde par le trou de la serrure, ils ne se doutent de rien. Elle est en train d'exécuter avec lui toutes les postures de l'Arétin, elle fait des *travaux pratiques*, y compris les plus difficiles (l'«arbre droit», par exemple, où, en vraie «lesbienne», elle impose une fellation complète à son partenaire). Notre libertin est soufflé

Le lendemain, il se croit dans un bon rapport de forces, il tente de la faire chanter. Ou elle cède, ou il la dénonce. Elle lui répond froidement qu'elle le croit incapable d'une si mauvaise action. Il insiste, et elle est encore plus précise : «Je ne vous aime pas.»

Piqué au vif, notre professionnel décide de l'ignorer. Bonne tactique. Elle vient donc lui expliquer que son jeune amant chrétien est un « gueux libertin » dont elle est amoureuse, mais qui ne l'aime pas et qu'elle *paye*. Elle lui dit maintenant qu'elle l'aime, lui, Casa. Il tient bon dans son refus (chacun son tour). Plus elle tente de l'allumer, plus il veut l'humilier par son indifférence.

Finalement, elle vient une nuit le violer dans son lit (« J'étais un sot, elle connaissait la nature humaine beaucoup mieux que moi »). En réalité, elle lui demande de la dévirginiser (comme on dit). Ce qui frappe alors Casa est son « extrême douceur » ·

« J'ai vu sur la belle figure de Lia le symptôme extraordinaire d'une douleur délicieuse, et j'ai senti dans sa première extase tout son individu tremblant de l'excessive volupté qui l'inondait... J'ai tenu Lia toujours inséparable de moi jusqu'à trois heures après minuit, et j'ai excité toute sa reconnaissance lui faisant recueillir mon âme fondue dans le creux de sa belle main. »

Le temps est mauvais pour la navigation. Décidément, il va rester encore un mois. Mais que pense Mardochée de son curieux locataire ?

« J'ai toujours cru que ce Juif savait que sa fille ne me refusait pas ses faveurs. Les Juifs sur cet article ne sont pas difficiles, car sachant qu'un fils que nous pourrions faire à une femme de chez eux serait juif, ils pensent que c'est nous attraper en nous le laissant faire… Nous couchâmes ensemble toutes les nuits, même celles dans lesquelles la loi juive excommunie la femme qui se donne à l'amour. »

Casanova connaisseur du *Lévitique*, chapitre xv : on s'attend à tout de sa part, mais quand même.

C'est la dernière histoire d'amour, ou plus exactement la dernière *bénédiction*, que raconte le chevalier de Seingalt dans l'*Histoire de ma vie*. Le Chevalier du Haut-Signe écrit son chant du cygne. Il n'a pas introduit cette couleur-là par hasard.

À Trieste, Casa espère être en transit : il attend sa grâce des Inquisiteurs vénitiens, pour lesquels il va travailler bientôt. Il rédige son *Histoire des troubles de Pologne*. Avec le recul, il se complimente d'avoir discerné les bouleversements auxquels il assiste, de loin, à la fin du siècle. La Pologne, la France, Venise se sont effondrées. Une autre phase du Temps est en marche. Le consul de Venise à Trieste lui est favorable, et lui confie déjà quelques affaires délicates concernant l'Autriche. Cela dit, la vie à Trieste traîne (mais elle traînera aussi pour lui à Venise, qui s'enfonce dans la décadence).

Il retrouve une comédienne, Irène, qu'il a «aimée à Milan, négligée à Gênes». Elle organise chez elle des séances de jeu clandestin. Elle triche, elle «file la carte», bref, «elle fait des lessives». Casa s'en rend compte, la prévient du danger qu'elle court si elle continue. Heureusement pour elle, elle a une charmante petite fille de neuf ans à qui elle a appris à faire des caresses aux messieurs. Casa en profite (ce n'est pas bien), et surtout un certain baron Pitoni qui protégera Irène. Don Giacomo la reverra plus tard :

« Trois ans après, je l'ai vue à Padoue, où j'ai fait avec sa fille une connaissance beaucoup plus tendre. »

Ici, fin.
Le manuscrit s'arrête là.
Le dernier mot de l'*Histoire de ma vie* est donc *tendre*. Casanova n'a pas pu, ou voulu, continuer son récit. Il va avoir cinquante ans, et peut-être a-t-il senti que c'était *assez*.

Et puis, la grande nouvelle est arrivée. Les Inquisiteurs d'État viennent de lui envoyer son sauf-conduit pour rentrer, enfin, à Venise. Le témoin de cet événement est ici le consul, Marco di Monti, qui voit Casanova ouvrir le pli :

« Il le lut, il le relut, il le baisa beaucoup de fois, et après un court moment de concentration et de silence, il éclata en un torrent de pleurs. »

322

Dans le *Précis de ma vie*, Casa écrit :

« Las de courir l'Europe, je me suis déterminé à solliciter ma grâce auprès des Inquisiteurs d'État vénitiens. Par cette raison, je suis allé m'établir à Trieste où, deux ans après, je l'ai obtenue. Ce fut le 14 septembre 1774. Mon entrée à Venise, au bout de dix-neuf ans, me fit jouir du plus beau moment de ma vie. »

Casanova ne raconte pas ce plus beau moment de sa vie dans l'Histoire de sa vie. C'est son coup de génie. Nous sommes obligés de mesurer notre capacité à l'imaginer (ou non). Le reste est silence.

Il faudrait maintenant écrire un autre livre, qui comporterait l'esquisse de cinquante romans.

Que s'est-il passé entre 1774 et 1785, date à laquelle Casa prend ses fonctions de bibliothécaire à Dux, et 1789, année où il commence l'*Histoire*?

Mille choses (je vais suivre ici le repérage établi par Francis Lacassin, *Casanova après les mémoires*, dans le troisième volume de l'*Histoire de ma vie*, éditions Robert Laffont, collection «Bouquins»).

C'est la chronique d'une déception.

Les travaux littéraires? Ça ne marche pas.

L'amour? Il est en ménage, à Venise, avec une couturière, Francesca Buschini, dont nous avons les lettres touchantes, écrites en dialecte vénitien. Elle vivra de plus en plus retirée après le nouvel exil de Casa à qui elle écrit jusqu'en Bohême : «Je souhaite que vous soyez gai, et que vous chassiez la mélancolie. » « Je vous souhaite de vous amuser aussi pour moi. »

Les missions secrètes à Trieste, à Ancône ? L'activité de « confidente », c'est-à-dire de flic ? Aucun intérêt, le jeu moisit.

Casa fonde une revue mensuelle qu'il rédige tout seul. Il se fait même imprésario de théâtre (avec un hebdomadaire, *Le Messager de Thalie*).

Il est secrétaire d'un diplomate génois douteux. Ça va tourner mal autour de questions d'argent. Casa comprend qu'il n'y a rien de sérieux, pour lui, à Venise. Se résigner ou faire un coup d'éclat ? Le coup d'éclat.

Il écrit un pamphlet qui le brouille avec toute la nomenklatura : *Ni amour ni femmes ou le nouveau nettoyage de l'écurie*. L'écurie le chasse. En se prenant pour Hercule, Casa a préjugé de ses forces : le temps de la Chevalerie est révolu.

Le voici donc de nouveau en exil, en 1783, à Trieste. Il écrit à Morosini : « J'ai cinquante-huit ans ; je ne peux pas m'en aller à pied : l'hiver arrive brusquement. Et si je pense à redevenir aventurier, je me mets à rire en me regardant au miroir. »

Il perd un peu la tête, Casa. Il annonce la destruction de Venise par tremblement de terre. Sa seule satisfaction est de provoquer un début de panique.

Le 16 juin 1783, il revient en douce dans sa ville, régler ses affaires : c'est la dernière fois qu'il voit la République.

Y a-t-il un mécène quelque part ? Casa est sur les routes : Trente, Innsbruck, Augsbourg, Francfort, Cologne, Aix-la-Chapelle. Rien.

Et puis La Haye, Amsterdam, Anvers, Bruxelles. Rien. Personne ne veut de sa loterie ou de ses autres projets mathématiques.

À Paris, il loge chez son frère François, le peintre, qui a un appartement de fonction au Louvre. Casanova au Louvre : raconté par lui, quel roman ce serait.

Ses projets sont tous irréalisables : création d'une gazette, expédition à Madagascar, creusement d'un canal de Narbonne à Bayonne. Quelle imagination, cher monsieur. Du calme.

Que fait-il exactement, pendant une semaine, à Fontainebleau ? Mystère.

Le 23 novembre 1783, en revanche, nous savons qu'il assiste à une séance de l'Académie des sciences consacrée à un rapport sur l'ascension récente de la montgolfière. Giacomo Casanova est assis à côté de Benjamin Franklin et de Condorcet, il écoute leur conversation. Mais eux, savent-ils vraiment qui il est ? Non.

Malgré la protection du prince Kaunitz à Vienne, Casa erre pendant soixante-deux jours entre Dresde, Berlin, Brno (Brünn) et Prague. Rien, aucun emploi en vue, chômage.

Il rencontre Da Ponte à Vienne, et entre au service de Foscarini, ambassadeur de Venise, «pour lui écrire la dépêche». Un peu de diplomatie secrète, il doit faire cela très bien. C'est à la table de Foscarini qu'il rencontre le comte Waldstein, franc-maçon comme lui. Il le séduit, notamment par son érudition occultiste. Le château de Dux se profile à l'horizon (1784).

Toujours en 1784, on est heureux d'apprendre qu'il a passé un très joyeux carnaval «en compagnie de deux dames». En mai, mine de rien, il est en cure thermale à Baden.

Il écrit des essais documentés sur les contentieux commerciaux entre la Hollande et la Sérénissime République de Venise. Mais en avril 1785, il parle à son ami Max Lamberg de son roman fantastique l'*Icosameron* dont il a déjà écrit les deux tiers en italien (il le réécrira en français). Quel drôle de type.

À la même date, la dernière carte sûre de Casa s'efface : Foscarini meurt, plus de «dépêche». Don Giacomo pense à se faire moine au couvent d'Ensiedeln, en Suisse. Le Jeu ou le Monastère : une philosophie qui se tient.

Dernière tentative à Berlin : rien.

En septembre 1785, il accepte, dans la ville d'eaux de Toeplitz, la proposition du comte Waldstein : la charge, comme bibliothécaire du château de Dux, de quarante mille livres et manuscrits (dont il s'occupera de façon distraite, et pour cause, puisqu'il passe entre neuf et treize heures par jour à écrire l'*Histoire de ma vie*).

En octobre 1787, un cavalier rejoint la nuit Mozart et Da Ponte à Prague. C'est Casanova. La première mondiale de *Don Giovanni* est pour bientôt, sous la direction du compositeur. On ne mesure pas un tel événement surréaliste, on le chante.

Casa, fatigué de raconter oralement son exploit, publie en 1788 l'*Histoire de ma fuite des prisons de la République de Venise qu'on appelle les Plombs*. C'est l'embryon des Mémoires, mais il a encore des illusions : il croit que son gros roman fantastique, et assez ennuyeux, l'*Icosameron*, va être un succès. C'est un désastre. Waldstein, avec élégance, lui achète tous ses manuscrits.

1789 est l'année décisive. Casa est malade, son médecin irlandais, O'Reilly, lui conseille d'écrire l'histoire de sa vie pour chasser ses idées noires. Étrangement, c'est le moment que Casa choisit pour déclarer qu'il a résolu un problème mathématique posé depuis l'Antiquité, celui de la duplication du cube : « construire un cube dont la solidité soit double de celle d'un cube donné ». Il rédige et publie à Dresde trois études sur ce sujet. Mais le vrai *cube*, la pierre philosophique qui l'occupe maintenant, c'est l'*Histoire*. La solution, pour lui, n'était donc ni dans le roman fantastique, ni dans les « mathématiques sévères ». Une tout autre dimension se révèle à lui : sa vie redoublée, depuis toujours écrite en filigrane cryptographique.

Le 2 mars 1791, malgré ses ennuis avec le régisseur et les domestiques du château (qui doivent le trouver fou), nous savons par une lettre qu'il considère avoir écrit les deux tiers de son manuscrit. Il fait, parallèlement, beaucoup de Métaphysique. De plus, une *Lettre à Robespierre* (cent vingt pages) n'a pas été retrouvée dans ses papiers. C'est sa *lettre volée* : où est-elle ?

Le comte Waldstein a disparu. En réalité, il est en mission secrète à Paris, dans le but de faire évader Louis XVI et sa famille. C'est un problème de *chevaux*. Ayant échoué, il passe à Londres, revient à Dux, et révoque le régisseur persécuteur de Casa (qui voit dans l'hostilité servile à son égard un «complot jacobin»).

1794 : Casanova est en pleine révision de son *Histoire*, ce qui ne l'empêche pas d'écrire une oraison funèbre en latin sur la mort de sa chatte de trois ans, Mélanpyge. Coup de théâtre : le 11 septembre 1795, à soixante-dix ans, il s'enfuit du château de Dux, passe par Tübingen (où on peut l'imaginer rencontrant Hegel, Hölderlin et Schelling), rend visite à Goethe à Weimar (sans grand succès, semble-t-il), et se retrouve, fauché, à Berlin. Waldstein le rapatrie fin décembre, mais cet épisode reste sans doute le plus mystérieux de son existence.

Le dernier texte publié par Casanova de son vivant est la *Lettre à Léonard Snetlage* (republié récemment par les éditions Allia sous le beau titre insolite, emprunté à la dédicace de Casa au comte Waldstein : *Ma voisine, la postérité...*). C'est une réflexion sur le vocabulaire en usage après la Révolution française.

Ainsi, *Égalité* : «Le peuple, malgré la misère qui l'opprime, doit en plaisanter partout, dans tous les moments. Il doit être fort curieux de la signification de ce mot, ne voyant devant ses yeux, à chaque moment, que des inégalités.»

Pour Casa « rien n'est plus inégal que l'égalité ». Il a ses raisons, il parle du cœur du sujet.

Même sarcasme à propos de *Jacobin*. Mais là, il a un motif précis : il s'appelle Jacques (c'est pourquoi il est saisissant de voir sa plaque tombale à Duchkov, où il est inscrit en allemand sous le nom de Jakob).

Le 27 novembre 1797, il demande au comte Waldstein la permission d'aller passer un mois à Venise « le printemps prochain ». Venise vient de tomber, sous les coups de Bonaparte, il a reçu des lettres, il veut aller voir la situation sur place (finalement son tremblement de terre prophétique a eu lieu).

Le 17 novembre, il rédige le *Précis de ma vie*, pour sa jeune correspondante Cécile de Roggendorff.

1798, enfin : Casa a des troubles de la vessie, il interrompt la révision de l'*Histoire*.

Le 12 avril : dernière lettre à Cécile.

En mai, il est très malade.

Le 27 mai, Carlo Angiolini, son neveu, arrive de Dresde pour le veiller. Il repartira avec le manuscrit, que son fils vendra, pour deux cents thalers, à l'éditeur allemand Brockhaus, en 1821.

Le 4 juin, Casa meurt, à soixante-treize ans. Sa vie d'outre-tombe commence.

C'est la mort dans un fauteuil. Rose. Il est là, aujourd'hui, dans ses appartements du château, à Duchkov. On a gravé derrière le dossier une petite plaque commémorative en cuivre. J'ai touché ce fauteuil.

Cycles, vibrements divins des mers virides,
Paix des pâtis semés d'animaux, paix des rides
Que l'alchimie imprime aux grands fronts studieux.

Ou encore :

«Je suis le savant au fauteuil sombre. Les branches et la pluie se jettent à la croisée de la bibliothèque.»

Casanova se lève du fauteuil sombre où il écrit pour aller mourir dans un fauteuil rose. C'est la vie à l'envers.

Je viens de citer le sonnet des *Voyelles*, et une phrase des *Illuminations*, de Rimbaud. Un autre écrivain, qui a beaucoup vécu à Trieste où il travaillait à un monumental *Ulysse*, a raconté

333

une de ses aventures amoureuses dans cette ville, avec une jeune et jolie Juive, Amalia, à qui il donnait des leçons d'anglais. Il a intitulé son récit *Giacomo Joyce*. Une photographie de cette époque montre en effet James Joyce, en dandy irlandais, en train de jouer de la guitare. Joyce faisait rarement quelque chose au hasard. Les derniers mots de cette nouvelle sont : «love me, love my umbrella». On ne traduira pas cette phrase, qui se tient, si on peut dire, toute seule.

Un essayiste italien, pour évoquer la fin de la vie de Casa, a intitulé son livre *Le Crépuscule de Casanova.*

On pense au titre de Nietzsche : *Le Crépuscule des idoles.*

Si Casanova est une idole, il va, en effet, vers sa nuit définitive. Tant mieux. Cela fait d'ailleurs deux siècles que la propagande de la fascination stupide, de la dérision, et surtout du ressentiment s'acharne à falsifier sa mémoire, c'est-à-dire *ce qu'il a écrit.*

On ne veut surtout pas qu'il ait lui-même écrit sa vie, ni qu'elle soit magnifiquement lisible.

J'ai voulu parler d'un autre Casa. Celui qui, aujourd'hui même, à Venise, se faufile près du palais des Doges, au milieu des touristes japonais. Personne ne le remarque. Deux cents ans après sa mort, il a l'air en pleine forme. Bon pied, bon œil, comme quand il avait trente ans, juste avant son arrestation. C'est lui, sous un autre nom, qui reçoit cet après-midi, sous les Plombs, une équipe de télévision française partie à sa recherche jusqu'en Tchécoslovaquie. C'est lui que le service de sécurité du palais empêche de monter sur les toits pour indiquer l'endroit exact de son évasion. C'est lui encore qui parle à ma place pour une interview filmée dans sa cellule (moi, j'ai trop de fièvre ce jour-là, 4 juin 1998, bien que le temps soit très beau).

Casa passe devant les spectacles médiocres organisés un peu partout pour commémorer le deux centième anniversaire de sa mort (décidément). Il regarde distraitement (il a l'habitude) les produits de beauté qu'il est censé sponsoriser, les restaurants ou les cafés qui ont pris son nom, les affiches de cinéma qui annoncent encore un film sur lui, les magazines où on l'utilise pour promouvoir tel ou tel acteur, telle ou telle actrice. Il s'attarde à peine devant la grande statue ridicule qu'on a dressée sur la place Saint-Marc, la sienne paraît-il. Des modèles sophistiqués de haute couture ont tourné autour, pour les photographes, pendant le carnaval.

Le Spectacle, quoi.

Tout cela n'a aucun intérêt, mais ces clichés sont un masque. Personne n'ira contrôler ce qui va se passer, ce soir, dans le casino qu'il a loué, à Murano, à Torcello, ou, encore mieux, dans cette petite île dont personne ne connaît le nom, sur la lagune, au large.

Il prend un bateau. Il emmène avec lui deux Japonaises, ou deux Allemandes, ou trois Italiennes, ça dépend des jours. Parfois, c'est une Espagnole, une Anglaise, une Grecque, et pourquoi pas une Française. Une Américaine, rarement. Une Norvégienne, une Suédoise, une Russe ? Qu'à cela ne tienne. Une Africaine ? Mais comment donc. Une Arabe, une Israélienne ? Avec plaisir. Une Chinoise ? Sans discussion. Mais il y a aussi les Argentines, les Mexicaines, les Brésiliennes, les Panaméennes, les Vénézuéliennes, les Chiliennes, les Uruguayennes, les Paraguayennes, et, brusquement, les Australiennes. On peut d'ailleurs très bien imaginer Casa en opération dans toutes les grandes villes du monde, et même dans les *villages*. C'est le contre-terroriste parfait. On le signale à New York, à Paris, à Francfort, à Genève, à Londres, à Madrid, à Barcelone, à Téhéran, à Tokyo, à Melbourne, à Prague (bien sûr), à Shanghai, à Pékin, à Jérusalem, à Moscou. On dit qu'il est en ce moment dans les environs de Barcelone ou de Naples. Il prend son élan, il enjambe deux ou quatre siècles, il revient de loin, il est sans cesse *wanted*, mais sa poudre de projection,

quand il le veut, le rend autre et méconnais-
sable. Pas d'empreintes digitales, pas de fiche
sur son ADN. Il ne se dope pas, ne se drogue pas,
ne fréquente pas le milieu, a un casier judiciaire
vierge. Les policiers qui le traquent laissent tomber au bout d'un moment, et racontent n'importe quoi à leurs supérieurs. Ils ont vite autre
chose à faire.

Oui, Casa revient de loin.

C'est *L'Aurore de Casanova* qu'il fallait écrire.
Mais chut, les temps ne sont pas venus. Nous
sommes même juste avant un coup de bou-
toir répressif : bof, on en a vu d'autres, c'est
cyclique.

Casa s'est-il fait cloner ? Bien entendu. De
temps en temps, en grand secret, je ne dirai
pas où, *ils* se réunissent. Pas d'enregistrement,
aucune note, chacun son passeport, au revoir.
On essaie de les infiltrer, mais tu parles. Les
meilleures agentes se font retourner, la dernière en date, par exemple. Elle voulait continuer de Washington sur Venise, le FBI la
couvrait, mais pas trace du moindre Casa, malgré les annonces.

Le soir du 4 juin 1998, dans un coin silencieux de Venise, j'ai ouvert un cahier et écrit ce
titre : *Casanova l'admirable*. J'avais l'*Histoire de*

338

ma vie avec moi, et, depuis des années, des notes. Le reste a suivi. Il n'est peut-être pas inutile, à la fin du xxe siècle, de publier cela, en français, à Paris.

DU MÊME AUTEUR

Aux Éditions Gallimard

FEMMES, *roman*, 1983 (Folio n° 1620).

PORTRAIT DU JOUEUR, *roman*, 1985 (Folio n° 1786).

THÉORIE DES EXCEPTIONS, 1986 (Folio Essais n° 28).

PARADIS II, *roman*, 1986 (Folio n° 2759).

RODIN. Dessins érotiques, 1986 (« Livres d'art »).

LE CŒUR ABSOLU, *roman*, 1987 (Folio n° 2013).

LES SURPRISES DE FRAGONARD, 1987 (« L'Art et l'Écrivain »).

LES FOLIES FRANÇAISES, *roman*, 1988 (Folio n° 2201).

LE LYS D'OR, *roman*, 1989 (Folio n° 2279).

LA FÊTE À VENISE, *roman*, 1991 (Folio n° 2463).

IMPROVISATIONS, *essai*, 1991 (Folio Essais n° 165).

LE RIRE DE ROME. Entretiens avec Frans De Haes, 1992 (« L'Infini »).

LE SECRET, *roman*, 1993 (Folio n° 2687).

LA GUERRE DU GOÛT, *essai*, 1994 (Folio n° 2880).

LE PARADIS DE CÉZANNE, 1995 (« L'Art et l'Écrivain »).

SADE CONTRE L'ÊTRE SUPRÊME *précédé de* SADE DANS LE TEMPS (Quai Voltaire, 1989), 1996.

LES PASSIONS DE FRANCIS BACON, 1996 (« Monographies »).

STUDIO, *roman*, 1997 (Folio n° 3168).

LA PAROLE DE RIMBAUD, 1999 (« À voix haute », CD audio).

PASSION FIXE, *roman*, 2000 (Folio n° 3566).

ÉLOGE DE L'INFINI, *essai*, 2001 (Folio n° 3806).

LIBERTÉ DU XVIIIème, *roman*, 2002 (Folio 2 € n° 3756).

L'ÉTOILE DES AMANTS, *roman*, 2002 (Folio n° 4120).

POKER. Entretiens avec la revue *Ligne de risque*, 2005 (« L'Infini »).

UNE VIE DIVINE, *roman*, 2006 (Folio n° 4533).

LES VOYAGEURS DU TEMPS, *roman*, 2009 (Folio n° 5182).

DISCOURS PARFAIT, *essai*, 2010 (Folio n° 5344).

TRÉSOR D'AMOUR, *roman*, 2011 (Folio n° 5485).

L'ÉCLAIRCIE, *roman*, 2012 (Folio n° 5605).

FUGUES, *essai*, 2012 (Folio n° 5697).

MÉDIUM, *roman*, 2014.

Aux Éditions Flammarion

PORTRAITS DE FEMMES, 2013.

LITTÉRATURE ET POLITIQUE, 2014.

Aux Éditions du Seuil

UNE CURIEUSE SOLITUDE, *roman*, 1958 (Points-romans n° 185).

LE PARC, *roman*, 1961 (Points-romans n° 28).

L'INTERMÉDIAIRE, *essai*, 1963.

DRAME, *roman*, 1965 (L'Imaginaire n° 227).

NOMBRES, *roman*, 1968 (L'Imaginaire n° 425).

LOGIQUES, *essai*, 1968.

L'ÉCRITURE ET L'EXPÉRIENCE DES LIMITES, *essai*, 1968 (Points n° 24).

SUR LE MATÉRIALISME, *essai*, 1971.

LOIS, *roman*, 1972 (L'Imaginaire n° 431).

H, *roman*, 1973 (L'Imaginaire n° 441).

PARADIS, *roman*, 1981 (Points-romans n° 690).

L'ANNÉE DU TIGRE, *journal*, 1999 (Points n° 705).

Aux Éditions Grasset

VISION À NEW YORK, *entretiens avec David Hayman* (Figures, 1981 ; Médiations / Denoël ; Folio n° 3133).

Aux Éditions 1900

PHOTOS LICENCIEUSES DE LA BELLE ÉPOQUE, 1987.

Aux Éditions de La Différence

DE KOONING, VITE, *essai*, 1988.

Aux Éditions Plon

CARNET DE NUIT, *essai*, 1989 (Folio n° 4462).
LE CAVALIER DU LOUVRE : VIVANT DENON, 1747-1825,
  essai, 1995 (Folio n° 2938).
CASANOVA L'ADMIRABLE, *essai*, 1998 (Folio n° 3318).
MYSTÉRIEUX MOZART, *essai*, 2001 (Folio n° 3845).
DICTIONNAIRE AMOUREUX DE VENISE, 2004.
UN VRAI ROMAN, MÉMOIRES, 2007 (Folio n° 4874).

Aux Éditions Lattès

VENISE ÉTERNELLE, 1993.

Aux Éditions Cercle d'Art

PICASSO LE HÉROS, *essai*, 1996.

Aux Éditions Mille et Une Nuits

UN AMOUR AMÉRICAIN, *nouvelle*, 1999.

Aux Éditions Desclée De Brouwer

LA DIVINE COMÉDIE, *entretiens avec Benoît Chantre*, 2000
  (Folio n° 3747).
VERS LE PARADIS : DANTE AU COLLÈGE DES BER-
  NARDINS, *essai*, 2010.

Aux Éditions Stock

L'ŒIL DE PROUST. Les dessins de Marcel Proust, 2000.

Aux Éditions Calmann-Lévy

VOIR ÉCRIRE, *entretiens avec Christian de Portzamparc*, 2003 (Folio n° 4293).

Aux Éditions Robert Laffont

ILLUMINATIONS, *essai*, 2003 (Folio n° 4189).

Aux Éditions Verdier

LE SAINT-ÂNE, *essai*, 2004.

Au Cherche Midi Éditeur

L'ÉVANGILE DE NIETZSCHE, *entretiens avec Vincent Roy*, 2006 (Folio n° 4804).
GRAND BEAU TEMPS, 2009.

Aux Éditions Hermann

FLEURS. Le grand roman de l'érotisme floral, 2006.

Aux Éditions Carnets Nord

GUERRES SECRÈTES, 2007 (Folio n° 4995).

Aux Éditions Écriture

CÉLINE, 2009.

Préfaces

Paul Morand, NEW YORK, *GF Flammarion*.
Madame de Sévigné, LETTRES, *Éditions Scala*.
FEMMES MYTHOLOGIES, en collaboration avec Erich Lessing, *Imprimerie Nationale*.
D.A.F. de Sade, ANNE-PROSPÈRE DE LAUNAY : L'AMOUR DE SADE, *Gallimard*.

Mirabeau, LE RIDEAU LEVÉ OU L'ÉDUCATION DE LAURIE, *Jean-Claude Gawsewitch Éditeur.*

Willy Ronis, NUES, *Terre bleue.*

Louis-Ferdinand Céline, LETTRES À LA N.R.F., *Gallimard* (Folio n° 5256).

COLLECTION FOLIO

Dernières parutions

5735.	Philip Roth	*Némésis*
5736.	Martin Winckler	*En souvenir d'André*
5737.	Martin Winckler	*La vacation*
5738.	Gerbrand Bakker	*Le détour*
5739.	Alessandro Baricco	*Emmaüs*
5740.	Catherine Cusset	*Indigo*
5741.	Sempé-Goscinny	*Le Petit Nicolas — 14. Le ballon*
5742.	Hubert Haddad	*Le peintre d'éventail*
5743.	Peter Handke	*Don Juan (raconté par lui-même)*
5744.	Antoine Bello	*Mateo*
5745.	Pascal Quignard	*Les désarçonnés*
5746.	Saul Bellow	*Herzog*
5747.	Saul Bellow	*La planète de Mr. Sammler*
5748.	Hugo Pratt	*Fable de Venise*
5749.	Hugo Pratt	*Les éthiopiques*
5750.	M. Abouet/C. Oubrerie	*Aya de Yopougon, 3*
5751.	M. Abouet/C. Oubrerie	*Aya de Yopougon, 4*
5752.	Guy de Maupassant	*Boule de suif*
5753.	Guy de Maupassant	*Le Horla*
5754.	Guy de Maupassant	*La Maison Tellier*
5755.	Guy de Maupassant	*Le Rosier de Madame Husson*
5756.	Guy de Maupassant	*La Petite Roque*
5757.	Guy de Maupassant	*Yvette*
5758.	Anonyme	*Fioretti*
5759.	Mohandas Gandhi	*En guise d'autobiographie*
5760.	Leonardo Sciascia	*La tante d'Amérique*
5761.	Prosper Mérimée	*La perle de Tolède*
5762.	Amos Oz	*Chanter*
5763.	Collectif	*La Grande Guerre des écrivains*
5764.	Claude Lanzmann	*La Tombe du divin plongeur*

5765. René Barjavel — *Le prince blessé*
5766. Rick Bass — *Le journal des cinq saisons*
5767. Jean-Paul Kauffmann — *Voyage à Bordeaux* suivi de *Voyage en Champagne*
5768. Joseph Kessel — *La piste fauve*
5769. Lanza del Vasto — *Le pèlerinage aux sources*
5770. Collectif — *Dans les archives inédites des services secrets*
5771. Denis Grozdanovitch — *La puissance discrète du hasard*
5772. Jean Guéhenno — *Journal des années noires. 1940-1944*
5773. Michèle Lesbre — *Écoute la pluie*
5774. Michèle Lesbre — *Victor Dojlida, une vie dans l'ombre*
5775. Patrick Modiano — *L'herbe des nuits*
5776. Rodrigo Rey Rosa — *Pierres enchantées*
5777. Christophe Tison — *Te rendre heureuse*
5778. Julian Barnes — *Une fille, qui danse*
5779. Jane Austen — *Mansfield Park*
5780. Emmanuèle Bernheim — *Tout s'est bien passé*
5781. Marlena de Blasi — *Un palais à Orvieto*
5782. Gérard de Cortanze — *Miroirs*
5783. Philippe Delerm — *Monsieur Spitzweg*
5784. F. Scott Fitzgerald — *La fêlure* et autres nouvelles
5785. David Foenkinos — *Je vais mieux*
5786. Guy Goffette — *Géronimo a mal au dos*
5787. Angela Huth — *Quand rentrent les marins*
5788. Maylis de Kerangal — *Dans les rapides*
5789. Bruno Le Maire — *Musique absolue*
5790. Jean-Marie Rouart — *Napoléon ou La destinée*
5791. Frédéric Roux — *Alias Ali*
5792. Ferdinand von Schirach — *Coupables*
5793. Julie Wolkenstein — *Adèle et moi*
5794. James Joyce — *Un petit nuage* et autres nouvelles
5795. Blaise Cendrars — *L'Amiral*

5796. Collectif — *Pieds nus sur la terre sacrée. Textes rassemblés par T. C. McLuhan*

5797. Ueda Akinari — *La maison dans les roseaux*

5798. Alexandre Pouchkine — *Le coup de pistolet et autres récits de feu Ivan Pétrovitch Bielkine*

5799. Sade — *Contes étranges*

5800. Vénus Khoury-Ghata — *La fiancée était à dos d'âne*

5801. Luc Lang — *Mother*

5802. Jean-Loup Trassard — *L'homme des haies*

5803. Emmanuelle Bayamack-Tam — *Si tout n'a pas péri avec mon innocence*

5804. Pierre Jourde — *Paradis noirs*

5805. Jérôme Garcin — *Bleus horizons*

5806. Joanne Harris — *Des pêches pour Monsieur le curé*

5807. Joanne Harris — *Chocolat*

5808. Marie-Hélène Lafon — *Les pays*

5809. Philippe Labro — *Le flûtiste invisible*

5810. Collectif — *Vies imaginaires. De Plutarque à Michon*

5811. Akira Mizubayashi — *Mélodie. Chronique d'une passion*

5812. Amos Oz — *Entre amis*

5813. Yasmina Reza — *Heureux les heureux*

5814. Yasmina Reza — *Comment vous racontez la partie*

5815. Meir Shalev — *Ma grand-mère russe et son aspirateur américain*

5816. Italo Svevo — *La conscience de Zeno*

5817. Sophie Van der Linden — *La fabrique du monde*

5818. Mohammed Aissaoui — *Petit éloge des souvenirs*

5819. Ingrid Astier — *Petit éloge de la nuit*

5820. Denis Grozdanovitch — *Petit éloge du temps comme il va*

5821. Akira Mizubayashi — *Petit éloge de l'errance*

5822. Martin Amis — *Lionel Asbo, l'état de l'Angleterre*

5823. Matilde Asensi — *Le pays sous le ciel*
5824. Tahar Ben Jelloun — *Les raisins de la galère*
5825. Italo Calvino — *Si une nuit d'hiver un voyageur*
5827. Italo Calvino — *Collection de sable*
5828. Éric Fottorino — *Mon tour du « Monde »*
5829. Alexandre Postel — *Un homme effacé*
5830. Marie NDiaye — *Ladivine*
5831. Chantal Pelletier — *Cinq femmes chinoises*
5832. J.-B. Pontalis — *Marée basse marée haute*
5833. Jean-Christophe Rufin — *Immortelle randonnée. Compostelle malgré moi*
5834. Joseph Kessel — *En Syrie*
5835. F. Scott Fitzgerald — *Bernice se coiffe à la garçonne*
5836. Baltasar Gracian — *L'Art de vivre avec élégance*
5837. Montesquieu — *Plaisirs et bonheur et autres pensées*
5838. Ihara Saikaku — *Histoire du tonnelier tombé amoureux*
5839. Tang Zhen — *Des moyens de la sagesse*
5840. Montesquieu — *Mes pensées*
5841. Philippe Sollers — *Sade contre l'Être Suprême précédé de Sade dans le Temps*
5842. Philippe Sollers — *Portraits de femmes*
5843. Pierre Assouline — *Une question d'orgueil*
5844. François Bégaudeau — *Deux singes ou ma vie politique*
5845. Tonino Benacquista — *Nos gloires secrètes*
5846. Roberto Calasso — *La Folie Baudelaire*
5847. Erri De Luca — *Les poissons ne ferment pas les yeux*
5848. Erri De Luca — *Les saintes du scandale*
5849. François-Henri Désérable — *Tu montreras ma tête au peuple*
5850. Denise Epstein — *Survivre et vivre*
5851. Philippe Forest — *Le chat de Schrödinger*
5852. René Frégni — *Sous la ville rouge*
5853. François Garde — *Pour trois couronnes*
5854. Franz-Olivier Giesbert — *La cuisinière d'Himmler*
5855. Pascal Quignard — *Le lecteur*

5856. Collectif — *C'est la fête ! La littérature en fêtes*

5857. Stendhal — *Mémoires d'un touriste*

5858. Josyane Savigneau — *Point de côté*

5859. Arto Paasilinna — *Pauvres diables*

5860. Jean-Baptiste Del Amo — *Pornographia*

5861. Michel Déon — *À la légère*

5862. F. Scott Fitzgerald — *Beaux et damnés*

5863. Chimamanda Ngozi Adichie — *Autour de ton cou*

5864. Nelly Alard — *Moment d'un couple*

5865. Nathacha Appanah — *Blue Bay Palace*

5866. Julian Barnes — *Quand tout est déjà arrivé*

5867. Arnaud Cathrine — *Je ne retrouve personne*

5868. Nadine Gordimer — *Vivre à présent*

5869. Hélène Grémillon — *La garçonnière*

5870. Philippe Le Guillou — *Le donjon de Lonveigh*

5871. Gilles Leroy — *Nina Simone, roman*

5873. Daniel Pennac — *Ancien malade des hôpitaux de Paris*

5874. Jocelyne Saucier — *Il pleuvait des oiseaux*

5875. Frédéric Verger — *Arden*

5876. Guy de Maupassant — *Au soleil* suivi de *La Vie errante et autres voyages*

5877. Gustave Flaubert — *Un cœur simple*

5878. Nicolas Gogol — *Le Nez*

5879. Edgar Allan Poe — *Le Scarabée d'or*

5880. Honoré de Balzac — *Le Chef-d'œuvre inconnu*

5881. Prosper Mérimée — *Carmen*

5882. Franz Kafka — *La Métamorphose*

5883. Laura Alcoba — *Manèges. Petite histoire argentine*

5884. Tracy Chevalier — *La dernière fugitive*

5885. Christophe Ono-dit-Biot — *Plonger*

5886. Éric Fottorino — *Le marcheur de Fès*

5887. Françoise Giroud — *Histoire d'une femme libre*

5888. Jens Christian Grøndahl — *Les complémentaires*

5889. Yannick Haenel — *Les Renards pâles*

5890. Jean Hatzfeld — *Robert Mitchum ne revient pas*

Impression par CPI Bussière
à Saint-Amand (Cher), le 16 mars 2015.
Dépôt légal : mars 2015.
1ᵉʳ dépôt légal dans la collection : décembre1999.
Numéro d'imprimeur : 2015055.

ISBN 978-2-07-040891-7./Imprimé en France.

283460